실은 괜찮지 않았던 날들

실은 괜찮지 않았던 날들

초판 1쇄 발행 2018년 4월 30일
초판 7쇄 발행 2024년 8월 20일

지은이 가린(허윤정)
책임편집 조혜정
편집 백강
디자인 그별
펴낸이 남기성

펴낸곳 도서출판 쿵(프로젝트A)
인쇄,제작 데이타링크
출판사등록 신고번호 제 2016—000310호
주소 경기도 고양시 덕양구 꽃마을로 34, 1006호,1007호(향동동, DMC스타팰리스)
대표전화 (070) 7555—9653
이메일 sung0278@naver.com

ISBN 979-11-88345-41-0 03810

실은 괜찮지 않았던 날들

가린 에세이

자화상

프롤로그

견디는 시간들에 대하여

괜찮은 척했지만
실은 괜찮지 않았던
어느 날들의 기록

차례

2부

내 마음, 들여다보기

3부

괜찮지 않았던 나를 위해

4부 사소하고 따뜻한 것들

나를 아프게 하는 것도
행복하게 하는 것도
결국은, 사랑

01

좋은 사람은

나를 헷갈리게
하지 않아

곧잘 너로 인해 밤을 새곤 했다.
주변 사람들은 네가 좋은 사람이 아니기 때문이라고 했다. 너를 보면 수많은 마음이 물음표로 변했다. 이것 또한 네가 좋은 사람이 아니기 때문이라고 했다.

그래, 좋은 사람은
온갖 불안함으로 나를 밤 지새우게 하지 않는다.
따뜻한 마음을 안고 깊이 잠들 수 있게 한다

좋은 사람은,

사랑의 문장이 물음표로 변하기 전에

이미 마음속으로 알게 하는 사람이었다.

다짐

내 가치를 알아주는 사람을 만나되,

모든 것을 이해해달라고 떼쓰지 않기.

내가 정한 사랑의 기준에 상대를 넣지 않기.

그 기준에 벗어났다고 사랑이 아니라고 돌아서지 않기.

왜 연애는 늘 처음처럼 서툰 건지

이건 내 사적인 연애사다. 길었던 첫 번째 연애를 끝내고 나는 누구를 만나도 헌신적으로 사랑하지 못하게 되었다. 그 후 만난 사람들과는 사랑까지도 채 닿지 않았고, 이제 나는 누군가를 사랑하지 못하는 사람이 되었다.
연애가 끝나고 나면 늘 생각한다. 다음 사랑은 더 잘할 수 있을 거라고. 어떻게 했을 때 좋았고, 어떻게 했더니 나빠졌는지 이제는 알 것 같았으니까. 좀 더 성숙해졌을 줄 알았다. 그건 착각이었다. 사람과 사람이 만나는 것에는 지침서가 없었고 난 여전히 서툰 사람이었다.

슬프게도 항상 지나고 나서야 깨달아지는 것들이 있다.
날 망쳐가면서까지 지키려 했던 연애는 결국 끝났고 이젠 그러지 않아야지, 하며 만난 다른 사람들과는 서로 그만큼 진심으로 대하지 못했다. 누군가에게는 지난 사랑 때문이라는 이유로 자꾸만 뒤로 가고 마음을 숨겼다. 누군가에게는 다시 사랑해보자고, 할 수 있는 것 이상으로 표현했다.
결국, 진심이 원하던 것과 다른 행동을 했던 내 곁에서, 누군가는 떠났고, 누군가는 상처 받았다. 그때는 최선이라고 생각했는데 지나고 나니 여전히 서툴렀음을 느낀다.
마음 주기가 더 힘들어진 요즘이다. "우리는 지금 연애할 수 없는 상황이야." "우리는 성격이 너무 달라." 예전에는 모두 극복할 수 있고, 맞출 수 있을 거라 생각했다. 지금은 맞지 않다는 생각이 들면 바로 마음을 끊어버린다. 그렇게 끊어내고 끊어내다 보니 자꾸 혼자가 돼버린다. 나와 꼭 맞는 누군가가 그리 쉽게 나타나는 건 아니기 때문에.

누군가를 만나고 사랑하는 일이
내게 너무 어려운 일이 돼버렸다.

다시,

사랑

그러니까 내가 다시는 밖에 나가지 않겠다고 문을 걸어 잠그고 스스로 손발을 묶었을 때 네가 나타났다.
넌 선불리 들어오려 하지 않았고 경계하는 내게 걱정하지 말라며 문밖에서 나를 기다리겠다고 말했다. 그것조차 부담스러웠다. 하지 말라며 쌀쌀맞게 대했다. 그런데도 너는 늘 문 앞에 묵묵히 서 있었고 진심들을 하나씩 꺼내 보이며 하염없이 기다려주었다.

'네가 춥진 않을까?'

어느 날 문득 그런 생각을 했다.

결국 나는 너를 내 문 안쪽으로 들였고, 너는 내 손발을 조심스레 풀어주며 우리 사이에 틈 하나 생기지 않을 만큼 힘껏 안아줬다.

그런 너를 마다할 수 있을 리가. 길었던 경계의 시간이 허물어졌을 때, 참아왔던 마음이 폭발했다. 바보같이 나는 또 누군가의 손을 잡고 밖으로 나왔다.

마지막으로 본 세상은 무채색이었는데,
네가 있어 지금은 제 색을 찾았다.

이 색들을 다시 한 번 믿어보련다.

조금
더

다가가는
일

자꾸만 숨기고, 한 발짝 뒤로 가고,
아무렇지 않은 척, 괜찮은 척, 신경 쓰지 않는 척.
마음을 드러내지 않으려 한다.

티 내지 않았지만 신경 쓰이는 것도 많고,
아무렇지 않았던 적도, 괜찮았던 적도 없다.
진심을 다했어도 상처를 받아 마음을 더 숨기곤 했다.
미처 진심을 다 보이지도 않았는데, 우리의 관계가 끝나
버려 오히려 나를 더 감추곤 했다.

내가 한 걸음 다가가는 데 용기가 필요한 만큼
상대도 힘들 거라는 걸 안다.
너를 좀 더 이해하는 마음 넓은 사람이고 싶은데,
나를 좀 더 이해해줬으면 하고 바라는 마음을
어쩔 수가 없다.

그럼에도 나는 이 자리에서 벗어나지 못한 채
기다리고만 있다.

연인에게

우리 힘들어도 손 놓지는 말자.
헤어지는 게 더 힘들 테니까.

다투게 돼도 괜한 말들로 상처 주지는 말자.
사랑하는 사람이 하는 말들이 더 큰 상처가 될 테니까.

다툰 후에는 꼭 안아주자.
백 마디 말보다도 더 서로를 잘 느낄 수 있으니까.

갑자기 장애물이 튀어나와서 우리 앞을 막아도
같이 뛰어넘자.
그렇게 하나둘씩 이겨나가다 보면 언젠간 우리가 함께
할 날이 올 테니까.

늘 고맙고 사랑해, 내 사랑아.
우리 꼭 그렇게 하자.

진심의 증거

진심은 어떻게든 느껴지게 되어 있다.
상대의 표정, 말투, 떨어져 있을 때의 행동까지 곳곳에서 배어나오니까.
그 어디서도 진심이 느껴지지 않던 사람에게서 진심의 조그마한 흔적이라도 찾으려 했던 날이 있다. 어떤 조짐이라도 보이면 애써 진심일 거라며 포장했다.

누구를 위한 일이었는지는 모르겠다.

비슷한 상처는 반복되었고,

이제는 진심이 느껴지는 사람에게서

애써 거짓의 징표를 찾고 외면하려 하기에.

로맨스 영화의 한 장면처럼

모든 게 우리를 위한 무대 같았어.

밤하늘의 색도,
별의 개수도,
우리밖에 없던 거리도
전부 우리를 위해 준비된 배경 같았어.

그곳에서 너와 그렸던 미래는
아주 멀리 있는 날인데도 빛났어.

난 그 속에 잠시 다녀온 듯했고,

행복으로 물들어 있는 날을 보고 왔지.

사소하지 않은

사소한 것

틈날 때마다 전화해주는 것,

물어보기 전에 말해주는 것,

걱정하지 않게 신경 써주는 것.

연인을 행복하게 해주기란 생각보다 쉽다.

사소한 것들을 챙겨주면 된다.

사소한 것들을 놓칠 때마다 연인 사이에는 틈이 생긴다.

한 사람이 무심히 생각하며 지나치는 것들에 대해

다른 한 사람은 차마 "왜?"냐고 묻지 못하고

상상하고 또 넘겨짚는다.

작은 틈이 조금씩 모여 큰 균열이 되고,

어느 순간 뒤돌아보면 관계를 돌이킬 타이밍은

저 멀리 지나가 있다.

사소한 것이

결코 사소하지 않았던 이유다.

나만 안 되는 연애

사랑의 큐피드가 정말 있다면
그 화살은 정확히 나만 빗나가는 듯하다.
이번엔 다를 것이라 확신하고 시작했던 관계는
그 기대가 무색할 정도로 다른 연애와 별다를 것도 없는
엔딩을 맞았다.
마음속에 생채기를 남기지 않은 만남이 없다.
왜, 처음부터 알지 못하는 걸까.
이렇게 되어버릴 것임을.
아, 사실은 알고 있었는데 외면한 건가.

기대했던 만큼, 바랐던 만큼 무너져 내린다.

나는 아무와도 사랑할 수 없을 것 같다.

서로를 지키는 방법

이제 서로를 많이 안다는 이유로 상대를 이해하려는 노력을 멈춰서는 안 된다. 관계가 깊어질수록 더 노력해야 한다. 상대가 싫어하는 행동은 하지 않고, 맞지 않는 부분은 맞춰가고, 알아가는 것만큼 이해하고.

가장 흔히 하는 착각이, 아는 게 많아지면 더 노력하지 않아도 된다는 것이다. 아니다. 아는 것이 많을수록 서로를 지킬 수 있도록 더 노력해야 한다.

처음부터

완벽한
연인은 없다

연인이란 게 그렇다.

처음부터 모든 것이 운명처럼 완벽하게 맞아떨어지고, 마냥 좋기만 할 수는 없다. 다른 부분은 맞춰나가고 서로 부족한 부분을 채워나가며 함께 관계를 만들어가야 한다. 무엇보다도 사람들이 정한 틀에 서로를 끼워 맞추기보다 함께 틀을 만들어가는 것이 중요하다.

만나고 얼굴을 부비고 살을 맞대며 이야기를 나누는 건, 너와 나니까, 우리니까.

인연이 아니었을 거야

"이 사람과는 여기까지구나."

깊은 사랑을 나눈 사람과의 한계를 인정하는 일은 언제나 힘들었다. 아직도 감정이 요동치는데 '정말 이렇게 끝인 건가.' 하며 수없이 돌아보고, '아니겠지.' 하며 희망을 가졌다. 인정하는 순간, 우리가 나눴던 감정들은 별거 아닌 것들이 될 것만 같아서, 특별하다고 생각했던 시간이 그저 그런 이야기로 흘러갈 것 같아서.
관계를 맺고 끝날 때마다 그날들을 견뎌내기가 버거웠

다. 인연이 아니었다고 생각하며 위로했지만 그 말에 가슴이 철렁하지 않을 때까지 시간이 걸렸다.

마지막 사랑이라고 믿으며 사랑을 시작했다.
그 믿음을 부인하기까지 나는 꽤 힘든 시간을 보냈다.
우리가 인연이 아니었던 거라고 되뇌면서.

내 사랑의 방식

나는 사랑을 시작하기 전에 한 발 다가서는 용기보다 뒤로 물러서는 안전을 택한다. 그러면서 영영 떠나지도 못하고 뒤에 서서 바라보곤 한다.
속으로는 나를 제발 알아주기를 바라면서.

나는 사소한 것도 크게 부풀려서 미리 걱정하며 겁먹고 끝이 보이는 관계는 시작하지 않기 위해 잘라버린다.
누군가는 왜 겪어보지 않은 미래를 걱정하고
언제까지 과거에 얽매여 있을 거냐고 답답해했다.

나도 이런 내가 답답했다.

그래도 이 모습 또한 어쩔 수 없는 나였다.

기도해본다.

어쩔 수 없는 내 모습조차 알아줄 꼭 한 사람이

언젠가 짠하고 나타나주기를.

그때는 한 번쯤 눈 딱 감고

한 발 다가서는 용기를 내볼 수 있을 것 같다.

어째서 내 사랑은 늘 불안했을까?

미친 듯이 끌려야만 누군가와 사랑을 할 수 있다고 생각했다. 상대가 내 곁에서 잠깐만 떨어져도 견딜 수 없는 것. 그것이 진정한 사랑이라고 여겼다.

한때 그런 사랑이 있었다. 짜릿한 설렘도, 미친 듯이 몰두하는 감정도 내가 생각한 사랑의 형태 그대로였지만, 마냥 행복하지만은 않았다. 불꽃 튀는 듯한 사랑은 위태의 연속이었다. 어느 때보다 감정 기복이 심했고 내 안에서 합의 보지 못한 행동들이 불쑥 튀어나왔으며 순간을 제외하곤 항상 힘들었다. 그 모든 건 사랑이 앞서나 갔던 결과였다.

그 사이 내 안에 자리 잡은 사랑의 형태도 변화무쌍하게 모습을 바꿨다. 무작정 설레게 하는 사람보다 안정되고 편안하게 잔잔한 행복을 주는 사람이 내게 더 좋을 수 있겠다고 생각했다.

무슨 일이 있어도 확신을 주고
불안함 속에 두지 않는 그런 사람.
이런 사람과 만나면 나는 더 이상 불안정하지 않았다.

비로소 마음 편히 행복했다.

이제야

보이는
마음들

그때는 끝내는 게 최선이라고 생각했는데 시간이 지나면서 마음이 물렁해진다. 감정만 앞서 보이지 않던 것들이 보이기 시작한다.
이를테면 내가 힘들었던 만큼 상대도 힘들었다는 것과 누가 옳고 그른 것이 아니라 생각의 차이였다는 것과, 조금만 양보해 서로의 입장에서 바라보았더라면 이렇게 틀어지지 않았을 거라는 점들.

네가 사무쳐

네가 사무치도록 보고 싶어질 때가 있어. 그럴 땐 지금 있는 공간에 너의 잔상을 넣어봐. 그러면 잠깐은, 같이 있던 것 같은 느낌이 들어.
언젠가는 이렇게 절절하지 않아도 너와 함께할 수 있는 날이 오겠지? 빨리 왔으면 좋겠어. 시간이 흐르면 흘러가는 대로, 신경 쓰지 않고 온전히 둘만의 공간에서 사랑하는 날이.

너와
함께했던

모든
순간들

떨어져 있어도, 함께 보냈던 시간을 기억해.
손잡고 걷던 거리, 그때 네 손의 온도, 너의 표정,
우리의 발걸음, 잠시 쉬었던 벤치,
그 위 우리를 비추고 있는 가로등,
네게 기댄 나, 나를 쓰다듬는 너.
밤공기에 우리의 향이 섞이고,
주변은 온기로 물들고, 그러다 보게 된 초승달에
행복해지는 너와 나.

그 모든 시간을 기억해.
그 모든 시간을 사랑해.

그랬다면,

우리
달라졌을까?

그때 내가 좀 더 객관적으로 생각할 수 있었다면. 그래서 다르게 행동했더라면. 상황은 달라졌을까?

끊임없이 자책하며 후회 속으로 나를 밀어 넣는다. 아무리 생각해도 결국은 부질없지만, 이 끝에는 미련이 꼭 남아 있다. 애초에 미련이 없었다면 이렇게까지 생각이 꼬리에 꼬리를 물고 거슬러 올라가진 않았을 거다. 하지만 시간도, 상황도 되돌릴 수 없다. 하릴없이 슬프다.

그 사람이 있는 미래가 꿈속으로 사라졌다.

이제 우린 꿈속에서만 만날 수 있다.

만남 뒤에 오는 그것

사랑했던 순간들을 물거품으로 만들고
가장 가까웠던 사람과 남이 되어야 하며
때론 일방적이고 내 삶을 벼랑 끝으로 몰아내는 것.

그땐 일상처럼 당연했던 것들이 힘든 시간이 되고,
눈부셨던 날들은 다시 돌이킬 수 없어
문득 울음이 터지는 것.

시간이 지나 잘 지내다가도 불쑥 생각나고,

괜찮다가도 달려가고 싶어지는 것.

그렇게 나를 무너뜨리는 것.

헤어짐은 늘 힘들다.

이 시간을 견뎌낸 후에, 나는

분명 더 성숙해져 있을 거라 믿는다.

그러니 충분히 아파하길.

다시 뒤돌아보지 않을 만큼.

나를 헤아려주는 사람

나는 예민하고, 감수성이 풍부하다. 남들은 스쳐 갈 수 있는 감정의 한 부분도 쉽게 보내지 못한다. 특히 연애를 할 때면 감정선이 극대화돼서 연인에게 서운하거나 감동받았을 때, 우는 날이 잦다.

누군가에게 피곤한 여자 친구였던 적이 있다. 사귀는 날이 늘어날수록 시도 때도 없이 눈물을 뚝뚝 흘리는 나를 보고 언제부턴가 그 사람은 한숨을 쉬었고, 그 후에는 너만 늘 피해자냐고 너만 울고 싶은 줄 아느냐고 화를 냈다. 지금 생각해보면 그 사람이 이해되지만….
그 당시 나에게는 아픈 말이었다. 이런 내 성격은 단점이며 아무도 보지 못하게 꼭꼭 숨겨야 할 부분이라고 생각했다. 후에 다른 사람을 만나면서 절대로 들키지 않기 위해 노력했다. 하지만 감정이란 게, 또 사람의 마음이라는 게, 꾹꾹 참는다고 참아지는 것이 아니었고 결국 다짐이 무색하게 다시 울보가 되었다. 그런데 이번에는 좀 달랐다. 그는 네가 마음이 약하고 여려서 그런 거라며, 감정 표현에 솔직한 것이 좋다며 오히려 예쁘게 바라봐주었다. 시간 지나면 달라질 수 있다고 생각했는데 그는 한결같이 달래주었고, 이해해주었다.
언젠간 물은 적이 있다. "내가 울 때마다 무슨 생각이 들어?"라고. 그는 대답했다. "가슴이 찢어져." 전혀 생각지도 못한 대답이었다. 그의 말을 듣는 순간, 나의 성격은 더 이상 단점이 되지 않았다.

나를 감싸주는 그 사람의 다정한 사랑이 내게 답이었다.

티끌

네게서 튀어나온 티끌까지도,

너도 사랑할 수 없는 네 모습들까지도, 전부 사랑해.

너의 처음들

누군가를 만나면, 그 사람의 처음들이 가장 샘난다. 지금과 달리 서투르고 미숙했을 그가 마주했을 처음들. 아직까지도 기억에 박혀 있고, 쭉 박혀 있을 예정인 처음들. 되돌릴 수도 없는 처음들.

그 처음이 내가 아니었음에….

아, 정말 질투 난다.

정의

결국 너는 내 안에서 정의 내릴 수 없는 사람이 되었고,

그 사실은 나를 아프게 했다.

돌부리

너와의 기억은 돌부리처럼 가슴 어딘가 곳곳에 박혀 있다. 잊고 지내다가도 한 번씩은 꼭 걸려 넘어진다.
너는 이제 나를 울게 하지 않지만 때론 아무것도 없는 나를 그렇게나 사랑해줬던 네 모습이, 내 모습이, 그랬던 우리가, 문득 생각나버리는 순간이 있다.
새삼스럽게도.

감정에
선을

그을 수
있었으면

감정이 딱 어느 정도까지만 갔으면 좋겠다.
선을 그어놓고 그 이상은 넘어가지 않았으면 좋겠다.
그러면 작은 것 하나에 온 마음이 무너질 듯이
아프지 않고, 감정의 기복을 감당하지 않아도 될 텐데.

사랑은

네잎 클로버 찾기

모든 사랑의 순간들은 결국 사라졌다.

그래서 누군가를 만나면 시작하기도 전에 이별의 순간부터 그려보곤 한다. 상처받고 싶지 않아서 미리 보호막을 쳐둔다. 시작하기도 전에 많은 것을 생각한다는 걸 알지만, 그저 불타올랐던 건 언젠간 식을 테고, 한결같은 마음은 네잎 클로버 찾기나 마찬가지라 사랑의 시작은 무섭고 두려울 뿐이다.

결국은

닿지
못했던 사랑

얼마 전 드라마를 보는데 그런 대사가 나왔다. 애인이 되는 방법은 둘 중 한 사람이 한 걸음 더 다가서는 거라고. 이 한 걸음이 두 사람 관계를 바꿔놓게 된다고.
이때까지 나를 스쳐 지나갔던 많은 일이 떠올랐다.

만약 그때 누군가가 한 걸음 더 다가왔더라면,
틀어진 톱니바퀴처럼 엇갈린 관계가
다시 맞춰져 같은 시간으로 돌아갈 수 있을까?

그래도
나,
행복했어

너와 행복했던 날과 불행했던 날을
일수로 따진다면 불행했던 날이 더 많겠지만,
감정에 추를 달아 물속에 떨어뜨린다면
행복했던 날이 더 깊게 가라앉을 거야.

바랐던 건

사랑이야

만나는 날이 늘어날수록 마음도 커지기를.

먼 미래에도 예쁜 마음으로 맞닿아 있기를.

서로의 사랑으로 범벅이 되기를.

함께할 때 주변이 반짝반짝 빛나기를.

그렇게 우리는 늘 행복하고,

또 행복하기를.

스며드는 것

선천적으로 카페인이 몸에 받질 않는다. 얼굴이 붉어지고 약간 달아오르면서, 인지될 만큼의 두근거림이 느껴지고, 아무리 피로해도 새벽 내내 잠들지 못한다. 카페에 가면 항상 "카페 라테 연하게 주세요."라고 주문해야 한다.

만난 지 한 달여 된 그와 카페에 갔을 때 일이다. 그가 주문했다. "아이스 아메리카노 하나랑 카페 라테 연하게 하나요." 라며 아무렇지 않게.

아직 우리는 서로 모르는 게 많다고 생각했는데, 그에게 내가 조금 더 스며들어 가는 것 같아 괜스레 흐뭇해졌다. 연한 라테만큼이나 마음이 부드러워졌다.

그 후로도 내가 그의 무의식에 들어가 발자국을 내는 모습을 마주할 때마다 또 다른 사랑을 느낀다. 전보다 더 깊어진 관계와 그의 소중함도 한 번 더. 나의 행동에도 한 번씩 그가 새어 나올 때마다 함께 있는 것만 같은 착각이 든다.

두 사람이 만나 서로에게 스며들고 있는
순간을 전부 빠짐없이 사랑한다.

완

성

신이 여태껏 고생했다고 상을 주는 걸까.

어떻게 나와 완벽히 맞는 너를 만날 수 있어.

한껏 움츠려 있던 나를 일으켜줘서 고마워.

네 덕분에 나는 온전한 사람이 돼.

너로 채우는 새벽

긴 통화를 끝낸 후, 먼저 잠든 그와 달리 나는 새벽의 언저리를 서성거렸다. 그가 잠 속을 헤매는 동안의 공백도 그로 채우고 싶어서 나누었던 메세지를 천천히 읽어 보았다. 그때는 몰랐던 그가 보낸 사랑의 증거나 깊은 곳에 있는 진심을 주고받는 걸 보니 금세 눈시울이 붉어졌다.

매번 인사처럼 하는 "사랑해"라는 말에도 순간마다 진심이 묻어 나오고 있었다. 사랑스러웠다. 그가 내게 얼마나 소중한 사람인지 알았다. 그는 나를 다독이며 이해하고 있었다. 나의 뾰족한 부분을 점점 둥글게 만들어가면서.

인연

신기하지. 수많은 사람 중에 우리가 만났다는 게. 마치 정해져 있던 것처럼 당연하게 말이야. 너와 긴 끈으로 연결되어 있었던 건 아닐까. 여태껏 모든 일이 다 너를 만나기 위해서 일어난 것만 같아.

내

행복의 완성

언제나 나와 함께하고, 예외없이 내게 달려와 주는 사람. 매순간 사랑을 느끼게 해주고, 끈질기게 날 놓지 않는 사람. 흔한 권태기 한번 오지 않을 정도로 빈틈없이 사랑해주는 사람. 그런 너를 알고 또 알아가고, 사랑하고 또 사랑하며 그럴수록 우린 더 깊어지고 있어.

걷잡을 수 없이 너에게 빠지면서도 완벽하게 행복해.
더는 표현할 수 없을 정도로, 너를 사랑해.

깊은 만남

쉽게 만나고, 헤어지는 연애를 좋아하지 않는다. 차라리 혼자 지내는 게 훨씬 행복하다. 그러다 보니 연애할 때마다 꽤 오래 만나고, 공백기도 길다. 친구들은 연애를 많이 해야 한다고 말하지만, 쉬운 만남은 나를 오히려 더 외롭고 공허하게 할 뿐이다.

진중하게 서로에게 임할 때마다 드는 대체 불가한 느낌이 좋다. 그의 마음에 누구나 들어갈 수 있는 것이 아니라, 정말 내가 아니면 안 되는.

내 마음도 그 사람이 아니면 안 되는 것. 내게 독보적인, 단 하나뿐인, 소중한 사람을 만날 수 있다면, '많이' 만나는 것보다 '깊게' 만나고 싶다.

연인

이른 아침부터 전화가 왔다. 너는 무섭고 끔찍한 꿈을 꿨다며 힘들어했다. 대체 무슨 꿈이길래, 귀신이라도 나온 걸까. 꿈속의 내가 다른 사람을 만나 너를 떠나는 꿈이랬다. 너는 그런 나에게 무릎까지 꿇으며 울면서 다시 만나달라고 말했단다. 아직 너는 그 악몽의 연장선에 있는 것처럼 절대 그러면 안 된다고 내게 당부하고, 알겠다는 대답을 듣고 나서야 전화를 끊었다.
통화하고 나서도 나는 너의 말에 잠겨 있었다.

나는 참 너라는 사람에게

사랑받고 있구나.

사랑의 인사

나도 몰랐던 마음 속 깊은 곳까지 네가 반창고를 붙여주고 있는 것 같아. 그 마음이 예쁘고 고마워. 있잖아, 나는 두려운 마음이 많아서 너와 잘 지내다가도 부정적인 미래를 생각해. '언젠간 네가 변하지 않을까?', '우리도 결국은 끝나겠지' 라는 생각 말이야.

사실 영원할 수는 없는 거잖아. 마음이 갈수록 두려움도 늘고 있어. 하지만 너를 끊어내고 싶지는 않아.

네 마음을, 너를 믿어볼래.

날 의미 있는 사람으로 만들어줘서 고마워.

네 덕분에 나는 가치 있는 사람이 돼.

시간 감각

무라카미 하루키의 소설 『상실의 시대』(혹은 『노르웨이의 숲』)에는 너무나 자주 생각했기 때문에 반년밖에 되지 않은 일이 먼 옛날의 일처럼 시간 감각이 늘어나 엉망이 된다는 구절이 등장한다.

너와의 연애가 떠올랐다. 고작 일주일 못 봤을 뿐인데 마치 한 달은 안 본 것처럼 절절히 그리워지는 너와의 순간들. 분명 함께할 때는 빠르게 흘러갔던 시간인데도. 시간은 똑같이 흘러가는 것처럼 보이지만, 실은 마음따라 흘러가는 게 아닐까. 어쩌면, 내가 너를 너무 자주 생각해서 시간 감각이 늘어났다는 것 또한 맞는 말일지도 모른다고.

너에게 해주고 싶은 말이다.

"네가 없는 시간 동안 함께 한 순간을
너무 자주 생각해서 시간 감각이 늘어난 것 같아.
너를 만난 게 까마득한 옛날 같아. 늘 보고 싶어."

어떤 날

어떤 날은 네가 미웠다가
어떤 날은 네가 좋아지고
어떤 날은 네게 달려가고 싶고
어떤 날은 네가 사라져버렸으면 해.

내게 네가 존재하는 것만으로도
나는 하루에도 수십 번 복잡해져.

모든 것을 사랑한다고

가끔 그는 내 입술이 아닌 이마, 볼, 눈두덩이, 정수리에 입 맞췄다. 더욱 사랑받는 기분이 들었다. 어쩐지, 그가 나의 모든 것을 사랑한다고 말하는 것 같아서.

벽

내 몸에 붙은 너를 떼내어 벽에 붙였다.

너는 그저 바라만 보는 것이 낫다.

어바웃

타임

영화가 끝난 후, 너는 눈물이 맺혔다. 평소에 웬만한 슬픈 영화를 봐도 울지 않았던 너인데. 너는 여전히 눈물이 맺힌 채 혹시 우리가 만나지 못했더라면, 어느 날 내가 네 옆에서 사라져버린다면 너무 슬플 것 같다고 말했다.

그때의 네가 종종 생각난다. 그 끝에는 그렇게까지 누군가에게 사랑받는 일은 참 힘들다는 걸 느낀다.
이제 와서 말하는 거지만, 나를 사랑해줘서 고마웠다.

있는

그대로의

나

나의 모습을 온전히 보여줄 수 있는 사람이 좋다. 스스럼없는 모습으로 만날 수 있고, 내가 어떤 모습이든 웃으며 바라봐주는 사람. 우울함에 파묻혀 있을 때 자신에게도 나눠달라고 하는 사람. 나를 포장하지 않아도 내 가치를 알아주고 있는 그대로 사랑해주는 사람. 마음을 숨기지 않고 드러내도 불안하지 않고, 지금 내가 행복할 수 있게 하는 사람.

나 자신을 보여주고 표현해도
마음을 숨기지 않고 드러내도
불안하지 않고,
온전히 행복하게.

너를 꾸고 싶다

내 욕심이 아니라면 한번쯤 너를 만나고 싶어. 네가 없었던 시간동안 깨달았던 것들을 말해주고 싶어. 오해가 있었어. 너의 말도 듣고 싶어.

우리가 돌아선 그 날부터 지금까지 너는 어떤 생각을 했었는지. 너도 나처럼 내 소식이 들리고 우연찮게 나를 볼 때마다 심장이 내려앉는 기분이 들었었는지. 이건 너를 만나도 이야기 못할 테지만, 네가 줄곧 꿈에 나왔어. 과거의 우리 같은 모습으로 말이야. 눈을 떴을 때 얼마나 공허했었는지.

방금까지 꿈속의 내 곁에서 말하고 감정을 공유하던 네가 다시 얼굴도 볼 수 없는 사이로 돌아왔으니까. 아침에도 감정이 몰려올 수 있더라고.

오늘 밤도 너를 꾸고 싶다.
내일 아침 다시 허무해진다고 해도
다시 너를 보고 싶어.

그리움은

나의
몫으로

네가 곁에 없는데도 이따금
너를 옆에 두고 길을 걸어보았다.
너의 행동과 말을 상상하고 혼자서 대답하며
시간을 보냈다. 그 시간의 끝에는 공허함과
너를 향한 사무치는 그리움만 남았지만,
나의 몫이었으니까 부정하지 않았다.

너를 생각하는 찰나도 꽤 달콤한 시간이었음을.

시나리오

지금까지 시나리오를 여러 번 썼어. 시나리오 속 너는 내게 오기도 했고, 내가 너에게 가기도 했어. 어디쯤 만나 한참 행복하다가도 결말의 우리는 결국 헤어졌어.

모든 걸 받아들이고 마침표를 찍기까지 힘들었지만,
어떻게든 이어붙이고 맞잡아도
우리 앞에는 늘 끝이 있더라.

이루지 못한 시간

같이 보기로 했던 영화가 개봉했을 때, 함께 가기로 약속했던 장소에 홀로 와 있을 때….
벚꽃이 피고 흩날릴 때부터, 거리가 온통 크리스마스 불빛으로 반짝거릴 때까지 우리가 함께 보낸 시간으로 차 있었는데, 이젠 홀로 시간 속에 서 있다. 만약이라는 말로 우리를 그곳으로 데려올 때마다 얼마나 마음이 아픈지.

네가 남긴 흔적들은 여기 그대로 있는데, 너는 없다.

잃어버린

종착지

늘 엇갈리기만 하던 우리의 종착지는 그날, 그 시간, 그 곳인 줄 알았다.

다정한 너와 너로 행복한 나, 빛나도록 사랑하고 있는 우리. 늘 상상으로만 이룰 수 있었던 우리가 맞닿는 순간이라 여겼다. 아름답게, 엇갈렸던 만큼 소중하게 사랑할 준비가 되어 있었는데. 나의 바람으로 끝났다. 이제 우리는 닿을 수 없고, 다시 만날 수도 없다.

결국 우리는 접점 하나 없이 끝날 사이였다는 것,

너와 나눴던 셀 수 없이 많은 감정들.

바람으로만 그쳤던 모든 일이 허무하다.

하필

오랜만에 올려다본 하늘에

하필 별 하나가 빛나고 있었고

그 틈에 잊고 있던 네가 일렁였다.

가끔씩은

가끔씩은 궁금해. 네 속에 있는 내 방의 크기가 이제는 어느 정도인지. 한가운데에서 떵떵거리며 살다가 구석에 박혀 있는 나의 모습은 네게 어떻게 그려지는지. 너도 한 번씩 그 방을 들여다보는지. 아니면 내가 먼저 너를 찔러서 네 안에 잠시 머물 때가 있는지.

그것도 아니라면, 다시는 보고 싶지 않은 미운 사람인지, 한 번쯤은 만나고 싶은 그리운 사람인지, 완벽하게 지나 가버린 사람인지. 무엇보다도 너는 지금 나의 행복을 바라는지 혹은 불행을 바라는지. 궁금해, 아주 가끔씩은.

나는 너의 행복을 바라.

사랑은

타이밍

사랑을 시작할 때는 타이밍이 가장 중요하다.

같은 시간에 같은 마음으로 맞닿을 수 있는 사람.

그 순간이 바로 기적이기에.

내 마음,
들여다보기

02

내 마음속

외로운
아이

내 속에 크고 작은 갈등들이 쌓여 결국 주저앉아버린 날이 있었다. 마음의 통증에 몸이 먼저 반응했다. 아무것도 먹을 수 없었고, 물조차 게워내는 시간들이었다. 가슴속을 누가 꽉 움켜쥐고 있는 것처럼 답답했고, 어떨 땐 이유 없이 두근거리기도 했다.
지금도 그때가 선명하다. 그때를 생각하면 다시 그 시절, 그 공간 속에 들어가 있는 듯한 느낌이 든다.

나는 스스로 만든 온갖 압박에 짓눌려
이불 속에 웅크려 있는 아이를 보고 온다.
지금도 내 안 어딘가에 맴돌고 있을 그 아이를.

정답 없는

세상 속에서

세상에는 내 선택지로 해결할 수 없는 문제들이 많았고 그 속에서 자주 길을 잃었다. 심지어 정답이라고 확신했던 것도 틀렸으며 새로 무언가를 배워도 응용할 줄을 몰라 쩔쩔매기도 했다.
다섯 가지 보기만 가지고 있던 나에게 세상의 문제는 애초부터 풀 수 없는 것이었을지도 모른다.

내게 다시

일어설 수 있는
힘을

엄청나게 큰일이 다가온 것 같지만 또 다른 일들이 나를 기다리고 있으며 그때마다 어떠한 결정을 내려야 한다. 그 결정들이 늘 나를 행복하게 해준다면 좋겠지만 어떨 때는 넘어뜨리고 일으켜주지도 않는다.

모든 것이 나의 몫이라 여긴다.
그 선택에 후회하지 않고 나 스스로 일어나고 약 바르고 회복하면서 그렇게 살겠다.

그 모든 순간은 의미가 된다

벌써 어딘가의 끝자락에 닿았다. 그동안 많은 일이 있었다. 그 속에서 가장 힘들게 했던 것은 날 짓누르던 압박감이었다. 잘해내야 한다는 압박감과 눈에 보이는 것에 집착하지 말자는 생각에서 중심을 잡기란 힘든 일이었다. 그래서 나는 스스로 쓸모 있는 사람이 됐다가도 쓸모없는 사람이 돼버렸다.

나는 늘 마지막이 가장 중요하다고 생각한다. 마지막은 이때까지의 것들을 좌우하기에. 아직 끝나지 않은 지금은 내게 중요한 순간이다. 힘들었던 날들을 바꿔줄. 날 아프게 했던 일이나 괜한 회의감, 자책들은 잠시 내려두고 좋은 마무리와 새로운 시작을 위한 가장 빛나는 순간이 되기를.

어느 날, 그 모든 순간들이
의미가 되어 나타나는 때가 온다.
내가 하는 모든 일에 쓸모없는 것이란 없었다.

감정에

벅찰 때

종종 감정에 벅찰 때가 있다.
스프링클러가 물을 뿌리는 것처럼 억눌렀던 감정이 사방으로 뿜어질 것만 같을 때. 결국 감정이 저질러버린 행동에 남모르게 쩔쩔매곤 한다.

벅찬 감정에는 좀처럼 면역이 생기지 않아서
시간이 지나고 조금 더 어른이 되었다고 해도
감정이 숨 막히도록 버거워질 때면
또다시 속수무책으로 감정에 침범당할 수밖에 없다.

너를 지키는

진심의 판별법

모든 사람이 내게 진심으로 대할 수는 없다. 살다 보면 내게 진심인 사람보다 진심이 아닌 사람이 더 많다. 진심이 아닐지도 모르는 사람을 겪고 나면 두려움이 몰려온다. 그러니 진심인 척 거짓을 말하는 사람을 조심하길.

플랜 B

무슨 일이든 최악의 결과를 먼저 생각하는 편이다. 정말 일이 안 좋게 흘러갔을 때, 타격을 덜 받기 위해서, 좋게 흘러갔을 때, '역시 그렇지'라는 생각을 경계하기 위해서다. 자만은 방심을 가져오기 때문에.

그렇게 혼자서 불행을 예상하다 보면 자연스레 플랜B와 플랜C를 준비해둔다. 겁 많고 배짱 없는 사람의 생존법인 셈이다.

정말 슬픈 것은. 아무리 미리 최악을 생각하고, 혼자서 대비책을 만들며 마음을 가다듬어도. 막상 그 일이 일어나면 모든 플랜 A, B, C, D, E가 다 소용없어진다는 사실이다. 결국 나는 어김없이 타격을 받고, 얼마 동안 방황했다가 겨우 자리로 돌아온다.

나름대로 튼튼한 방패를 만들었다고 생각했는데, 굵은 창 하나가 쉽게 관통해버리는. 그래서 내 몸까지 찔러버리는, 그 현실이 무섭도록 슬프다.

상상 속의 나는 최악의 상황에서도 의연한
사람이었지만, 현실은 무척이나 달랐다.
그 괴리감이 한 번 더 나를 무너뜨린다.

실은

괜찮지
않았던 날들

슬프고 아픈 것들을 속에 묻어두는 편이다. 오래도록 그래왔고, 그래서인지 거기서 비롯된 우울함이 늘 나의 일부처럼 자리하고 있다. 이제는 무엇이 우울이고, 무엇이 우울이 아닌지도 잘 모르겠다. 가끔씩 예고 없이 튀어나오는 슬픔의 증거들이 있다. 그 증거들이 내게 말을 건넨다.

“너는 힘들고 우울해.”
“너는 마음이 아픈 상태야.”

그럴 때면 그러려니 살아왔던 시간들이 무너지고 실은 괜찮지 않았던 마음들이 한꺼번에 몰려와서 마음을 다시 가라앉히기가 힘들다.

나는 괜찮지 않았다.

괜찮아질 날들을 기다리며

우울은 연례행사처럼 주기적으로, 하지만 그것보단 더 빈번하게 나를 찾아온다. 절망이나 슬픔과는 다른 것이다. 세상의 불행들이 방황하다, 이제야 자리를 찾았다며 내게 정착한 듯한. 아직도 더 많은 불행들이 여기로 몰려오고 있을 것만 같은 느낌. 그럴 땐 아무것도 눈에 들어오지 않고 가만히 있으면 눈물부터 나려 한다. 누구에게도 말하지 못해서 더 깊어지고, 더 가라앉는다.

오늘이 지나면, 괜찮아질 수 있을까?

감정이 앞서나갔던 대가

그동안 왜 상처를 스스로 찾아갔을까. 이제껏 겪었던 모든 일들이 자초한 것이라는 생각이 든다.
상대를 그렇게나 믿지 않았더라면,
마음을 조금은 내 것인 채로 남겨 두었더라면,
아니었던 만남을 끊어낼 수 있었더라면,
마지막 순간에 냉정하게 돌아설 수 있었더라면.

늘 감정이 앞서나갔던 대가가 크다.

지금 이 순간,

당신 인생의
새로운 출발점이길

고등학교 선생님을 뵈러 학교에 간 적 있다. 약간의 언덕을 오르고, 매점으로 뛰어가는 아이들을 보고, 왠지 낮아진 것만 같은 계단을 오르며 풍경 사이를 비집고 가는 동안에 마치 그때로 돌아간 것처럼 생생하게 고등학교 시절이 떠올랐다.
그때는 그 순간이 전부인 것만 같고 사사건건이 크게 느껴졌었는데, 지금 와서 보니 내 인생에서의 작은 순간, 출발점에 불과했다.

삶이 잿빛으로 물든 것만 같을 때,

그때를 생각한다.

지금 이 순간도, 지나고 나면

무언가의 출발점이지 않겠느냐고.

당신의 거절은

존중받을
가치가 있다

유독 거절을 어려워하는 사람이 있다. 상대에게 미움을 받을 바엔, 그저 자신이 조금 불편한 게 나은 사람. 그리고 놀랍도록 그런 사람들을 잘 파악하여 그들에게만 골라 부탁하는 사람들도 있다. 그 마음을 약점으로 삼아 이득을 취하려는 사람들.

혹시 거절이 힘든 사람이라면, 남을 배려할수록 자신은 희생될 수밖에 없다는 사실을 알아야 한다. 당신의 거절은 존중받을 가치가 있다. 그 시간 동안 꽤 많은 에너

지를 소모했을 테니. 들어주지 않았다고 해서 이기적인, 매정한 사람이 아니다. 내게 무리 가고 힘든 일이라면, 온전히 나를 위해서 잘라내야 한다.

타인으로 인해 나를 혹사시키지 말기를.

다시 한번 말하지만,

당신의 거절은 존중받을 가치가 있다.

불쑥
기억이

고개를
내밀 때

보이는 게 다일 리가.

늘 숨어 있던 어떤 것이

갑자기 나타나서 나를 괴롭혔다.

소중한

나를
위해

누군가와 비교하며 자신을 낮추게 되는 이유는
기준이 내가 아닌 다른 사람에게 있기 때문이다.

기준점은 내게 두고 내 속도에 맞춰서 나대로 살자.
다른 사람과 비교하며 나를 잃기에는
나 자신이 너무 소중하다.

단단함을

주세요

괜한 것에 마음 쓰지 않고,

아닌 것에 돌아설 수 있고,

쓸데없는 불안함에 마음 졸이지 않을 정도의 단단함을

나에게.

침묵은

때론
나를 해친다

감정을 털어놓는 게 힘들다. 어둑하고 깊숙한, 그 언저리에 있는 그런 감정은 물론이고, "아니오."라는 말도.

늘 혼자 끙끙 앓고 심할 땐 우울증에 걸린 사람처럼 되어버린다. 다른 사람에게 조금이라도 보여준다면 가슴 속 상처 몇 개는 지워지지 않을까 생각하기도 하지만, 곧 내 성격이니 별수 없다고 체념해버렸다. 그저 다 지나가고 나서야 "나 그때 힘들었어."라고 말한다. 대수롭지 않은 척하며.

지금 생각해보면, 별거 아닌 말들조차 가슴속에 난도질 당하면서까지 간직하고 있었다. 참 미련하게도.

요새는 이런 나에게 조금씩 벗어나기 위한 연습을 한다. 가끔씩이라도 혼자서 힘들어하지 말고 속 시원하게 털어놓기로. 그렇다고 해서 생각하는 것만큼 끔찍한 일은 일어나지 않으니까.

아닌 걸 아니라고,
힘든 걸 힘들다고.
너무 참지만 말고 말을 하자.
침묵은 금이라지만, 때론 나를 해치기도 하니.

잘하고 있고,

잘할 거야

학창시절의 끝 무렵, 기억나는 선생님이 한 분 계신다. 대학 진학을 앞두고 담임 선생님과의 상담이 잦았는데, 그때 나는 여태까지 인생에서 가장 불안하고 예민하고 초조한 시기를 보내는 중이었다. 누군가 조금만 툭 쳐도 눈물을 와르르 쏟아낼 준비가 되어 있었달까. 선생님께서는 항상 상담이 끝나갈 때쯤 잘하고 있고, 잘할 거라고 말씀하셨다. 그 말이 내게 와 닿을 때, 얼마나 큰 위로가 되었는지. 피라미드처럼 높고 뾰족하게 자란 불안이 금세 사라져버렸다.

첫 번째 책을 출판사와 계약을 하고 나서 문득 선생님이 생각났다. 몇 년 만에 연락을 드렸고 선생님께서는 바로 전화를 하셨다. 통화 내내 나는 다시 19살 여자아이로 돌아가서 미래에 대한 고민을 털어놓고 있었다. 선생님께서는 이런저런 조언을 해주시다가 통화 끝자락에 잘하고 있고 잘할 거라고 하셨다. 그 말을 듣는 순간 내 현재와 미래가 잠깐 빛났던 것 같다.

말 한마디가 이렇게 사람을 편안하게 만들 수 있을까. 불안과 초조함을 한 번에 녹일 수 있을까. 내게는 마법 같은 말이다. 그 후 항상 스스로에게 지금 잘하고 있고 앞으로도 잘할 거라고 말해준다. 그리고 불확실한 미래에 맞닿아 있는 많은 사람들에게 이 말을 해주고 싶다.

잘하고 있고, 잘할 거야.

뒤늦게

깨달아지는
사랑을 느끼며

부모님과 떨어져 살면서 가장 크게 느꼈던 건, 이때까지 참 당연하게 살았다는 것이었다. 항상 있었던 밥도, 더러워지면 다시 깨끗하게 치워지던 방도, 춥지 않고 덥지 않았던 집도, 항상 안전한 줄 알았던 나의 동네도. 내일도, 모레도 당연히 내 삶에 존재하는 줄 알았다.

그 모든 건 부모님의 노력이었고, 사랑이었다.
그걸 혼자서 세상 밖으로 나와 한 발자국 내딛는 순간, 깨달았다.

사실은

기대를
버릴 수가 없어서

기대가 실망으로 돌아오던 날들이 반복되고, 언제부턴가 나는 모든 일에 기대하지 않게 되었다. 괜히 혼자서 실망하고, 주저앉지 않도록 마음이 솟아오르려 하면 억누르게 된다.

이 상처의 무게는

언제까지
져야 할까요?

사람은 잊어도 그때 받았던 상처는 잘 잊지 않는다. 사람은 다 같지 않다는 생각을 하면서 그때의 사람도, 상처도 함께 잊어야 하는데 다 똑같을 거라는 생각만 하면서 어느새 상처는 트라우마가 된다. 비슷한 일만 스쳐도 기억 속에 박혀 있던 것들이 더 깊게 내 마음을 헤집어 놓는다. 분명 새로운 사람과 새로운 일을 겪고 있는데도 조금이라도 비슷한 상황과 마주할 땐 어김없이 지난 기억들이 튀어나와 놀리고 겁준다.

또 누굴 믿었던 거냐고. 미래는 전에 경험했던 것들과 똑같을 거라고. 다를 리 없다고 그렇게.
잘못한 사람과 상처받는 사람이 다르다는 건 불공평한 일이다. 상처받은 사람은 자신이 잘못한 것도 아닌데 그 무게를 다 감당해야 한다.

사람을 쉽게 믿지 못하고
이렇게 트라우마 속에서 살아야 한다.

마음의 공백

연인과 이별했거나 시험에서 원하는 결과를 얻지 못했거나 괜한 우울함이 눈덩이처럼 불어서 마음에 공백이 생길 때 나는 겨울잠을 자듯 긴 잠을 잔다. 아무런 욕구가 생기지 않아서 딱히 무엇을 먹지도, 하지도 않는다.

지나고 나서 생각해보면 그때의 나는 눈을 떴을 때 당장 놓인 현실을 외면하고 싶었던 것 같다. 결국은 닥친 일이고 받아들여야 한다는 걸 알면서도. 정신 차리면 시간이 훌쩍 지나가 있고, 눈앞의 현실은 변한 게 없었다.

결국은 외면했던 시간을 부지런히 채워내야 했다. 그 과정은 분명 나를 더 힘들게 했다.

이제 나는 긴 잠을 자고 싶을 때마다
내가 피하고 싶은 것이 무엇인지 들여다보려 한다.
혼자서 만든 깊은 우물 속에
너무 오랜 시간 동안 갇혀 있지 않으려 한다.

누구도

닿지 못할
마음속으로

누구나 마음의 병 하나씩은 가지고 있다. 그것은 어떠한 두려움일 수도, 외로움일 수도, 자책일수도, 후회일 수도, 아무에게도 말하지 못하는 것일 수도 있다. 때로 앞으로 나아가지 못하게 하고 남에게는 별거 아닌 일을 내겐 벅찬 일로 만들기도 한다. 한번씩 그 병이 심해질 때는 깊은 구렁텅이 속으로 빠져서 한참 동안 나오지 못한다.

왜 이렇게 되어 버린 걸까?

아마, 과거의 경험에서 영향을 너무 많이 받고 있거나 일어나지도 않은 일에 겁먹고 있기 때문일 것이다.

지금만 생각하자.
이미 지나간 일을 자꾸 돌아보지 말고,
아직 일어나지도 않은 일에 미리 겁먹지 말고.
그런 일은 또 일어나지 않을 거야.

빛을 향해서

결국 시간은 지나가고,

이 순간은 어디론가 흘러가고,

현재의 고민은 어쩌면 의미 없는 것이 될 수도 있다.

지금부터 조금씩,

막연한 것을 구체적인 것으로.

힘든 일도 나타나겠지만 끝에는 분명 행복할 거야.

지금 순간들이 하나도 빠짐없이 언젠간 빛을 보기를.

자신에게

조금 더
너그러워지기

놓아야 한다는 것을 알면서도 손에서 피가 나도록 잡고 있었다. 그것이 내게서 사라지면 견딜 수 없이 고통스러울 것 같아서 두려웠다. 피가 굳고 손이 곪아 갈 때쯤 하나씩 내려놓기 시작했다. 남아 있던 미련과 애정도 함께.

하나둘씩 놓을수록 더 행복해졌다.
오히려 붙잡고 있었던 날들이 나를 더 불행하게 했다.

모든 일 앞에서 작아지지 않기

나는 항상 현재의 불안함 속에 살았다. 지나고 나면 티끌 같은 순간에 불과한데, 왜 그렇게 모든 것에 예민했을까. 순간순간은 결국 다시 돌아오지 않았고, 선택은 어떻게 해도 후회를 낳았다. 실수는 쌓여서 경험이 되었고, 자신감은 힘이 됐지만 자만은 독과 같았다. 미칠 듯이 화났던 순간도, 넘칠 듯이 행복했던 순간도 결국은 지나갔고 이제는 기억도 잘 나지 않는다.

그러니 하루하루 내게 일어나는 일에 너무 힘들어하지는 말자.

모든 일 앞에서 작아지지 말아야지.

모든 순간은

경험이 되어
내게 남아 있다

우리는 매 순간 선택의 기로에 서 있다. 무언가를 선택한다는 것은 꼭 버려야 할 것이 생기기에 어려운 일이다. 버리고 뒤에 남긴 것을 보면, 괜히 아쉬움이 몰려온다. 그러곤 계속 뒤돌아보며 나아가지 못하기도 한다. 그런데 그게 무엇이든 내게는 선택한 무언가가 남아 있다. 그 순간엔 가장 소중하고 중요한 것이었던.

잃은 것만 생각하며 슬퍼 하지 말고,
분명 얻은 것도 있다는 걸 잊지 말자.

현재에 충실하기

돌아가고 싶든 돌아가고 싶지 않든 이미 지나간 일은 되돌릴 수 없다. 내가 바꿀 수 있는 건 미래일 뿐. 그러기 위해서는 그저 현재에만 충실하면 된다.

마음을 과거에 두지 않고, 현재와 함께 걸어 나가기를.

불안이

불쑥
등장할 때

어떤 것을 선택하기 전에 미래를 알 수 있다면 얼마나 좋을까. 포기해야 할 것과 투자해야 할 것에 비해 자신감과 확신이 턱없이 부족하다. 모든 것이 잘될 거라는 희망적인 생각은 애초에 하지 않는다. 긍정적인 마음이 더 나를 공허하게 하기에. 지금 걷는 이 길이 맞을까, 끝에 나는 행복할 수 있을까.

마음속에서 수많은 물음들이 차오르고,
확답을 할 수 없어서 위축된다.

나를 들여다보기

한 번씩은 나를 찬찬히 들여다봐야 한다.
그러다 보면 외면하고 있던 것이나
놓치고 있던 것들이 툭툭 튀어나온다.
꼬일 때로 꼬여버린 감정이 노려보고 있기도 하다.

그 감정과 화해하는 시간이 필요하다.
지금 외면하면 더 큰 폭풍으로 내게 올 것이기에.

잠시

마음
휴업 중

확 바뀐 날씨가 가장 큰 변화인 요즘, 내 일상들과 권태가 왔다. 잘 해냈던 일상인데 피하고만 싶고, 불쑥 우울해지고, 변화를 원하다가도 막상 하려면 미뤄버린다.

모든 것에 감정이 사라진 듯이.

행운 총량의 법칙

이럴 때도 있고, 저럴 때도 있다.

그리고 세상에는 내 뜻대로 되지 않는 일들이 더 많다.

상황에 휘둘리며 흔들리지 말자.

힘들었던 만큼 또 행복한 날들이 올 테니까.

*행운 총량의 법칙 : 지금 닥친 불운만큼 앞으로는 행운이 찾아올 거라는 법칙.

또 한 번

다짐하는
것

아닌 것은 잘라내고

끝난 것엔 미련 갖지 않기.

저마다의 사정

어린 나이에 책을 냈을 때, 주변에서 탄탄대로를 걷고 있다며 자신의 상황과 비교하고 부러워하는 사람들이 꽤 있었다. 그 사람이 보기에는 그랬을 테지만, 내게 그 시선은 가슴을 짓누르는 큰 압박이 되었다. 하고 싶은 것을 하고 있으니 힘들거나 슬퍼해선 안 되고, 반드시 행복해야만 할 것 같았다. 하지만 나는 자주 아프고, 자주 울었다.

몸도 많이 망가졌다. 주변 친구들 대부분이 가고 있는 길을 벗어나 다른 길로 가겠다고 나서면서 나에 대한 믿음이 흔들리기도 했다. 그럴 때면 굳게 생각했던 것들도 무너져 내려서 한동안 아무것도 손에 잡히지 않았다. 타지 생활은 또 왜 그렇게 버거운지. 낯선 환경은 나를 더 고립시켰다. 쉽게 결단 내릴 수 없는 일들도 자꾸만 튀어나왔다. 계속해서 이 길을 갈 것인지, 갈 거라면 뭘 어떻게 해야 할지, 막막하고 힘든 날들의 연속이었다. 살아온 날 중에서 가장 많은 고민을 했고, 지금도 여전히 하는 중이다. 무슨 일을 해야 할지 모르겠다는 말 앞에서만 서면 나의 고민은 물거품이 되었다. 당장 취업과는 무관한 내가 부럽다고 말하는 사람 앞에서 "힘들다."고 털어놓기가 어려워졌다. 점점 감정을 숨기게 되었다.

○

누구나 저마다의 사정이 있고 그건 당사자가 아니면 모른다. 간간이 부, 명예를 모두 가진 유명 인사가 우울증으로 자살을 택했다는 소식이 들려온다. 애도하는 사람들도 있지만 내가 저 사람이라면 절대 죽지 않을 거다. 하는 댓글도 꽤 달린다. 나는 그런 말이 폭력에 가깝다고 생각한다. 한 사람의 심정을 누가 헤아릴 수 있을까.

"네가 힘들 게 뭐가 있어."와 같은 말로
상대의 마음에 폭력을 행사하지 말기를.
모든 사람은 타인이 절대 알 수 없는
혼자만의 사정을 가지고 살아간다.

면역력

상처에도 면역력이 있다. 처음에는 누군가가 조금만 건드려도 아픈 부분이었는데, 이제는 어지간해선 아프지 않다. 오히려 무덤덤하다. 애초부터 네가 이 상처를 건드릴 것을 알았던 것처럼.

나도 내 마음을

종잡을 수
없을 때가 있어

버거움에 져서 모든 것을 내려놓고 왔다가,
시간이 조금 지나면 돌아가서 그것들을 허겁지겁
주워오고 싶어진다.

언제, 어떻게
변할지 모르는 것이 마음.

언젠가 이 관계가

끝이라 생각되는
순간이 올 거야

애써 노력하지 않아도,

그 어떤 것이든 정리되는 순간은 온다.

영원히 안 될 것만 같아도,

시간이 지나고 성숙해지면서 깔끔하게 정리되곤 한다.

이때까지 안 됐던 게 이상할 정도로.

괜찮지
않았던
나를 위해

03

아무 말도 하지 않았다고

괜찮다는 것이
아니다

떠나는 사람에게 이유를 묻지 않는다. 어떻게 그럴 수 있느냐며 원망하지도 않는다. 그 사람의 선택을 존중해 주는 것이 끝내 나를 떠나는 사람에게 할 수 있는 마지막 배려라고 생각한다.

그런데 상대가 아무렇지 않게 다시 온다면, 이야기는 좀 달라진다. 언제든지 돌아오라고 아무 말도 하지 않았던 것이 아니기에. 왜, 자신이 떠나려는 순간부터, 나에게 끊임없이 자책하고 반성하는 시간이 찾아왔을 거라는 걸 모를까.

그저 내가 바라는 건,

쉽게 다시 올 거라면 떠나지를 말고

떠났으면 다시 오지 않는 것.

내가 존중해준 만큼만 나를 존중해주는 것.

아무 말도 하지 않았다고 괜찮다는 게 아니니까.

함께한 시간이 길다고

모두 좋은 관계는
아니다

그동안의 나는 정 앞에 약했다. 특히, 함께한 시간이 길어질수록 관대해졌다. 그 관계들이 얼마나 나를 갉아먹었는지.
참고 이해할수록 그 사람들은 나를 소중하게 대해주지 않았다. 만날 때마다 자존감은 밑바닥으로 추락해서 꽤 긴 시간 동안 빠져나오지 못했다. 하지만 그러다가도 상대의 행동에 점점 익숙해져가고, 자책하는 시간이 늘어났다. 내가 좀 더 나은 사람이라면, 좀 더 잘한다면, 좀 더 이해한다면 이 관계를 이끌고 갈 수 있지 않을까.

잘못한 건 상대방이었는데, 자꾸만 내 탓을 했다. 그 사람들은 배려해주지 않는데 나는 자꾸만 배려를 했다. 그러고도 스스로 괜찮다며 자기 합리화를 했다. 모든 걸 혼자서 이해해야 하는 관계는 나를 천천히 갉아먹고 있었다.
이제 더 이상은 나를 낮추며 남에게 맞추지 않을 거다. 마음이 약해져서 끊어내야 할 것들을 끌고 가지 않을 거다. 억지로 이어가는 만남에서 자존감을 버리지 않을 거다.

내 가치를 알아주고 소중하게 생각해주는,
내 입장에서 생각해주고 배려해주는
좋은 사람들만 만나서 다 잊고 이제는 행복하기를.

우리는

고무줄 같은
사이

살아가면서 쉴 새 없이 누군가를 만나고 가까워졌다가 멀어지기를 반복한다. 지금 없으면 안 될 사이여도 5년 뒤, 아니 1년 뒤에도 그럴까. 순간을 즐기면 된다지만, 결국엔 모든 관계가 끝나버릴까 봐 두렵다. 그럼에도 불구하고 아무렇지 않게 또 새로운 사람들을 만나고 다시 가까워지는 것이 반복된다는 게 슬프다.

학창시절엔 좋아하던 친구들과 다른 반이 되었다며 울고 가족보다도 더 오랜 시간을 함께하고 만났는데 이젠 1년에 몇 번 볼 수 있으면 다행인 사이가 되어버린다는 게. 그런 것에 익숙해진다는 게, 마음 아프다. 나는 아직도 그럴 때 진심으로 슬펐으면 좋겠다.

누군가를 만나면 언젠가는 헤어지고
가까웠던 사이도 어느 순간 멀어질 수 있다는 게
아직 나에게는 시린 일이다.

결국

내 곁에
남을 사람들

친구들을 좋아한다. 같은 시간과 표현하기 힘든 감정을 공유하는 것도 좋고 함께할 때마다 마냥 행복할 수 있어서 좋다.
'친구'라고 생각한 관계는 끝까지 이어나가고 싶었다. 하지만 그 친구들이 모두 끝까지 함께 할 수는 없었다. 그때 사람과 사람 사이에 마음의 차이가 있다는 것을 깨달았다. 내가 잡고 있는 것이 함께 쥐고 있는 끈인 줄 알았는데 나만 놓으면 사라질 줄이었다는 것을. 그럴 때면 함께 나눴을 거라 생각했던 감정이 결국은 혼자 느꼈던 것이라는 생각에 슬퍼졌다. 깊은 회의감이 들고, 마음속에서 공허함이 생기기도 했다.

떠나는 사람은 떠나는 거고, 곁에 있어주는 사람은 있는 것이다.
이제는 떠나는 사람에 연연해하지 않고, 그저 곁에 있어주는 사람들에게 최선을 다하고 싶은 마음이다.

날 알아주는 사람,
긴말 안 해도 이해해주는 사람,
마음이 편해지는 사람,
무리해서라도 만나고 싶은 사람,
그런 사람들과 늘 함께하고 싶은 마음뿐이다.

다름을 이해하다

나의 마음이 상대에게 장애물 하나 없이 닿는 일은 어렵다. 진심이었는데 상처가 되어 돌아오는 일이 잦다. 크고 작은 갈등 속에서 쩔쩔매다간 길을 잃어버릴 수밖에 없다. 무엇이든지 연연해하는 건 좋지 않다. 나를 좋게 바라보지 않는, 행동과 말을 자꾸만 오해하는 사람이 있다면 나를 낮춰가며 그 사람에게 맞추려 하지 말자. 그런 사람은 아무리 노력해도 빈틈을 찾아서 미워할 것이다.

힘들어하며 자책할 필요도,

그 사람을 이해하기 위해 나를 괴롭힐 필요도 없다.

그저 그 사람과 내가 다른 것일 뿐이기에.

당신에게

고맙다

우리는 불안정한 삶에 노출되어 있다. 하루에도 몇 번씩 이해하지 못할 일들이 일어나고, 그 속에서 상처를 받는다. 그렇다고 누구 하나 붙잡고 모두 털어놓기는 힘들다. 그저 견뎌내려 한다.

그런 불안정한 삶에서 내 감정을 온전히 이해해주는 사람이 있다는 건 얼마나 힘이 되는 일인지.

나의 감정에 가장 관심을 많이 가지고
숨기려고 해도 괜찮지 않은 마음들을 다 찾아내는 사람.
사소한 감정도 존중해주는 사람.

오늘도 그 사람이 고맙다.

내가 존중되어야 해요

혼자만 노력하고 배려하다 보면 점점 나를 잃어간다. 그 과정에서 가장 무서운 건, 자신도 그런 관계에 익숙해진다는 것. 상대 입장에서만 생각하다 보면 상황을 냉정하게 바라볼 수 없다. 이 관계가 나를 점점 갉아먹고, 가라앉게 만들고 있다는 걸 모른다. 그러니 나를 잃지는 말자.

잊지 말자, 항상 내겐 나의 생각과 감정이 우선순위가 되어야 한다는 걸.

나의 편

모든 일이 잘 해결된 뒤에
수고했다, 잘될 줄 알았다, 멋있다 등의 말은
누구든지 할 수 있다.

내가 중심을 잃고 어딘가에서 헤매고 있을 때
너는 할 수 있다, 다 잘될 거라고 말해주는 사람이 있다.

그런 이들을 잊지 않으려 한다.

내 부족한 점도

감싸주는
그런

앞으로 어떤 사람을 만날지도 중요하지만, 이제껏 어떤 사람을 만났는지도 중요하다. 행동과 가치관에 큰 영향을 주기 때문에.
혹시 지금, 사람 사이에 간격을 두고 그 여백에 익숙해지지는 않았는지. 누군가가 다가오려고 하면 뒤로 물러서며 적정거리를 유지하지 않는지. 어느 정도 마음을 남겨두는 버릇이 생기지는 않았는지.
하지만 그 모든 것을 뛰어넘고 내게 꼭 맞는 사람은 있다. 선을 지워버리고 자꾸만 다가가고 싶어지는. 만날

수록 자존감이 낮아지는 게 아닌, 나를 더 사랑하게 되는. 나의 결함과 결핍을 나쁘게 보지 않고 차분하게 채워주는. 나를 더 나은 사람으로 만들어주는, 그런 사람.

아직까지 만나지 못했다면
분명 곧 만날 수 있을 거다.

번호 바꾸던 날

휴대폰 번호를 10년 넘게 썼다. 그 시간 동안 많은 사람의 번호가 저장되었다. 언젠간 바꾸고 싶다는 생각을 했지만, 매번 다음으로 미뤄두었다. 일말의 미련이 남아 있었던 것 같다. 그러다 몇몇 사람들과의 관계에 문제가 생기고 내 속에 회의감이 몰아쳐 어디론가 숨고 싶어버리고 싶던 어느 날, 드디어 휴대폰 번호를 바꿨다. 몇 년을 고민했는데, 바꾸는 시간은 3분도 채 되지 않았다.

정리하는 걸 정말 못하는 편이다. 어릴 적 친구들에게 받았던 편지부터 포장지, 영화표, 기차표, 휴대폰 속 사진첩, 옛 연인의 흔적, 작은 인간관계 등 정말 모든 것들을 차마 버리면서 정리하지 못한다. 그저 모든 것이 추억이고 언젠간 내 안에서 빛났던 것들이니 지금은 아니라고 해도 혹시나 하는 미련, 혹은 그래도 그렇게까지 할 필요 있을까 하는 마음으로 자꾸 쌓아놓는다. 그랬던 내가, 한순간에 모든 것을 정리했다. 필요 없는 물건들은 버리고, 휴대폰 연락처를 초기화했다. 지금도 휴대폰 속에는 50명도 되지 않는 사람들 번호가 있다.

'후련하다.'

가장 먼저 든 생각이었다. 가슴속 어딘가에 웅어리져 있었던 감정이 내가 버린 것들과 함께 사라진 듯했다. 누가 본다는 생각에 신경 쓰며 바꿨던 프로필 사진에도 자유가 생기고, 보여주고 싶지 않은 사람들까지 본다는 생각에 불쾌했던 감정도 사라졌다. 한 번 더, 후련했다.
누군가는 욕할 수 있다. 책 좀 내더니 변했네, 하고.
예전엔 남의 시선을 무척 두려워했는데. 누구에게나 좋은 사람이고 싶었는데. 그렇게 살 필요 없다는 걸 느꼈다. 인생에서 가장 중요한 건 나 자신이니까. 나를 깎아서 다른 사람의 틀에 맞출 필요가 없다는 생각이 들었다. 무엇보다 나를 소중하게 생각하는 사람은 날 바꾸려 들지 않는다.
이젠 누군가가 나를 부정적인 시선으로 바라봐도 상관없다. 내가 아니면 된 거니까. 내가 소중하게 생각하는 사람은 아니란 걸 다 알아주니까. 더 이상 인간관계로 힘들고 싶지 않다. 더 이상 남의 눈치 보며 살고 싶지 않다. 그저 나를 알아주는 사람들과 만나고 웃으며 행복하게 살고 싶다.

아니, 이제는 그렇게 살 것이다.

언젠가

좋은 인연들로
둘러싸이기를

끝나지 않을 것 같았던 사람과도 끝이 나고, 다시는 만나지 않을 거라 생각했던 사람과도 웃으며 만나는 날이 온다. 관계가 언제 뒤바뀔지는 아무도 모른다.

그저 인연이라면,
돌고 돌아 어딘가에선 꼭 만날 것이다.

고맙습니다

첫 책인 『이 밤을 너에게』를 냈을 때, 감사하게도 많은 지인들이 사주었다. 그중에서도 잊기 힘든, 고마운 사람들이 있다. 책에서 마음에 드는 구절을 사진으로 찍어 이 구절이 너무 좋다고 하며 보내주는 사람들. 정작 본인들은 잘 모르겠지만, 그 메시지가 나를 시큰하게 만들었다. 진심이 묻어나오는 소소한 정성이 마음을 따스하게 만든다.

그밖에도 이번 글이 공감된다며 내게 사진을 보내오는 친구들, 위로받았다며 댓글다는 사람들, 응원의 메시지를 보내는 사람들, 나의 글을 사진첩에 고이 저장해두는 사람들.

그리고 지금 이 책을 읽고 있는 당신 또한,

내게 참 고마운 사람이다.

그 사람들이 있기에 나는 글을 쓸 힘을 얻는다.

한

마디

속 안에 있는 많은 문장들을 내뱉는 것보다

한마디가 더 필요할 때가 있다.

"고마워."

"미안해."

"사랑해."

같은 것들.

우리는 간혹 이 세 마디를 누락한 채 살아간다.

네 잘못이

아니야

처음으로 누군가에게 미움받았던 적이 있었다. 이제껏 사람들과 큰 트러블 없이 잘 지내왔었기에 충격이었다. 그 친구가 내게 "너 미워."라고 굳이 말하지 않아도 표정과 행동에서 충분히 느껴졌다.
그 마음과 마주할 때마다 어떻게 해야 할지 몰라 속으로 쩔쩔맸다. 정말 유감스럽게도, 나는 그 친구가 밉지 않았다. 오히려 좋은 감정이 더 컸다. 누군가가 나를 미워한다는 건, 그 당시 내게 견딜 수 없는 일이었다. 미움을 애정으로 바꾸고 싶었다. 나를 지우며 최대한 그 친구의 마음에 맞추기 위해 노력했다. 하지만 그럴수록 점점 더 멀어졌다. 후에 들려오는 이야기에는 '그냥' 나를 싫어했다는 말이었다. 그 말을 들었을 때, 얼마나 허탈해지던지. 가슴속에서 허무가 차올라 아무것도 손에 잡히지 않았다.

시간이 꽤 지난 지금, 그땐 그랬지 하며 넘기다가도 한 번씩 따끔할 때가 있다. 그 이후로도 누군가가 이유 없이 나를 미워하거나 가까웠던 사람과 멀어지거나 상대의 애정이 나와 같지 않을 때, 나는 항상 내게서 문제를 찾으려 했고 나를 탓하며 고치려 들었다.

하지만 다시 그때로 돌아간다면

내가 잘못한 게 아니라고.

그 사람과 내가 맞지 않았던 것뿐이라고.

나와 잘 맞는 사람이 더 많다고.

그렇게 말해주고 싶다.

스스로를 가뒀던 날들

한 심리학 책에는 이런 구절이 있다.

공격적인 행동이든 회피적인 행동이든 관계에서 뭔가 문제가 발생할 때는 반드시 그와는 정반대의 약함과 두려움이 존재한다고.

나는 회피하는 사람이었다. 또, 방어하는 사람이었다. 모든 상황을 지난 경험에 빗대어서 기준을 만들어놓았고, 그 선에서 0.1센티미터라도 벗어나면 '이 사람은 아니구나.' 하고 끝내버렸다. 나에게 있어서 두려움은 과거의 시간들을 다시 겪게 되는 것이었다. 새로운 사람과는 그렇게 되고 싶지 않았다. 주변 사람들은 어떻게 그렇게 인연의 끈을 자르냐고, 대단하다고, 또 너무 냉정하다고, 때로는 무섭다고 했고, 누군가는 오히려 본받고 싶다고도 했다. 자신은 그게 가장 어렵다고.
그런데 사실 나는 대단한 사람도, 냉정한 사람도, 무서운 사람도 아니다. 그저 겁이 나고 두려웠다. 정말이지 그게 다였다.

나의 두려움으로 잘라 내버린 모든 관계의 사람에게 미안하다. 변명은 아니지만 당신이 없는 시간 동안 나는 끊임없이 나를 괴롭혔고, 괴로웠다.

영원하자,

나의 소중한
사람들아

어떤 사람은 잘 알지도 못하면서 나에 대해서 쉽게 이야기하고, 어떤 사람은 진지하게 대화해본 적이 없는데도 나를 판단하고 단정 짓는다. 그들의 쉽고, 일방적인 판단은 틀릴 경우가 많다. 사람은 그렇게 간단하게 정의되는 존재가 아니다.
나를 소중하게 생각해주는 사람들은 좀 다르다. 나를 잘 알지만 쉽게 이야기하지 않는다. 내가 어떤지 알아도 판단하고 단정 짓지 않는다. 생각한 것과 다른 방향으로 간다고 해도 이해하고 존중해준다. 나는 그런 깊은 관계에 집중한다. 늘 믿어주고 응원해주고 힘이 되어주는 사람들에게 고맙고 또 고맙다. 그들을 만난 건 행운이고, 소중함을 잊지 않으려 부단히 노력할 것이다. 오랜 시간이 지나도 우린 같은 마음으로 함께하고 있을 거란 걸 안다.

영원하자, 나의 소중한 사람들아.

누군가와의 관계가

당신을 해치고 있지는 않은지

배려하고 나를 희생할수록 그 관계에 집착하게 되는 건 나였다. 그래서 더더욱 작아지고 더더욱 참게 된다. 배려받는 사람은 희생한 게 없으니 잃을 것이 없다. 집착도 없고 속도 편하다.

그래, 그런 거였다. 그래서 나는 그토록이나 관계가 힘들었다. 감정을 그렇게나 쏟아부었으니 힘들어도 놓을 수 없었다. 꼭 무수한 총알을 받듯이 상처입고 나서야 끝을 냈다.

누군가가 주는 상처에 함부로 아파하고 싶지 않다.

점점 당연해지는 나의 희생을 보고 싶지도 않다.

무엇보다도, 나를 해치는 관계는 이어나가고 싶지 않다.

멀어지는 사이

절대로 멀어질 수 없는 사람은 없다. 막역하던 사이에 벽이 생기고, 어떤 행동을 하기 전에 망설임이 생기고, 하지 못할 이야기들이 늘어나는. 누구의 잘못이라고 할 수도 없이 그렇게 누군가와 멀어진다. 관계에 있어서 '언제, 어떻게, 왜'는 생각보다 큰 부분을 차지하지 않는다.

예전에는 그렇게 멀어지려 하는 관계가 있다면 참지 못했다. 일방적으로라도 연락했고, 만남을 이어가려 했다.

하지만 둘의 관계는 둘이서 노력해야 했다.

혼자서 노력한다고 해결될 일이 아니었다.

멀어지는 사이를 받아들이자.

상대의 잘못도, 더군다나 나의 잘못도 아니기에.

쉽게

상처 받지
말 것

모든 사람이 나를 좋아할 수는 없다. 그리고 나 또한 모든 사람에게 사랑받지 않아도 된다.

나의 길을 걸어가고 있을 때, 부정적인 말이 들려오면 그 자리에 서서 하염없이 상처받는다. 이유 있는 지적은 나를 성장시킬 수 있지만, 이유 없는 비난은 무시할 필요가 있다. 가는 길을 방해하고 무너뜨려도, 나는 내 갈 길을 가겠다고 생각하며 당당하게 걸어 나가야 한다. 스스로를 지켜야 남들로부터도 지킬 수 있다.

자신을 홀대하면 다른 사람들이 봤을 때도 "얘는 그래도 되는구나."라고 생각한다.

그러니 꿋꿋하게 나를 지키며,

쉽게 상처받지 말 것.

시간 속에서

미화되는 사람

사람 마음은 변덕스럽다. 이유 없이 누군가가 좋아지기도 하고 가까웠던 사람이 한순간에 싫어지기도 한다. 다시는 보고 싶지 않을 만큼 미운 사람도 시간이 지나면 이해하게 되고 또 보고 싶어진다. 그러다 내가 그 관계를 끝으로 몰고 간 건 아니었을까, 라는 생각에 괜히 자책하며 후회하기도 한다.

하지만 끝난 데는 다 이유가 있다.
당신은 그 순간, 분명 상처 받았다는 걸 잊지 않았으면.

왜 이 관계에는

꼭 내 희생이
필요한지

누군가에게 익숙해질수록 불안해지고 서운함과 괜한 생각이 늘었다면, 지금 익숙함의 소중함을 모르는 사람과 관계를 맺고 있다는 것이다.

희생해야 만날 수 있고 이해해야만 이어나갈 수 있는, 나만 노력하고 있는 관계 속의 사람은 내 사람이 아니다.

내가

깨달은
공식

참으면 참을수록 참아야 할 것들이 늘어난다.

내가 사회에 나와서 깨달은 공식 중 하나다. 잘 몰랐을 때는 배려해주지 않는 사람을 애써 이해하려 했고 그러면 내 마음을 알아주겠지 하며 약간의 기대도 했다. 그게 얼마나 바보 같은 행동이었는지, 지금 생각하면 답답하기만 하다. 무엇보다 나의 배려와 희생을 아무렇지 않게 누렸을 사람에게 화가 난다. 할 말은 하고 살고, 내 권리는 내가 찾아야 한다.

나를 무시하는 사람이 있다면,

나도 무시하면 된다.

이해하는 데에 아까운 시간을 쓰지 않길.

깨진 것을

다시
붙이려면

한번 깨진 것을 다시 붙이기 위해서는 무엇이 잘못되어서 깨진 건지 차근히 생각해보자. 또, 자신에게 질문도 해보는 것이다. 왜 굳이 깨져버린 것을 다시 붙이려고 하는지, 처음과 달리 틈이 생겨도 괜찮은지. 그렇지 않고 급하게 붙인다면, 금방 다시 깨질 테니.

자연스러운 관계를 위해

어떤 옷이든 내 몸에 맞지 않으면 입을 수 없고, 어떤 신발이든 내 발 사이즈와 다르면 신을 수 없다.

사람도 그렇다.
어떤 사람이든 나와 맞지 않으면 좋은 관계를 이어나갈 수 없다.

타인의 시선에

잡혀 있지
않길

우리는 많은 사람과 엮여 있고, 또 많은 것에 묶여 있다.

타인의 시선에서 자유롭기란 쉽지 않은 일이다. 누구에게나 좋은 사람이 된다면 좋겠지만 사실 굳이 그럴 필요 없다. 생각보다 사람들은 내 인생에 크게 관심 없으며 그런 사람들을 일일이 신경 쓰고, 눈치 보며 내가 하고 싶은 것들을 놓칠 이유가 없다. 결국 내 삶을 살아가는 건 나다.

어떤 길을 가려 할 때나 갈림길에 섰을 때 가장 먼저 생각해야 할 것은 그 누구의 것도 아닌 내 것인 행복이다.

당신의 행복을 힘껏 누릴 것.

당신은, 행복할 권리가 있다.

인연의 고리

엇갈린 시간의 평행선이 이내 벌어져 결국 끝나게 된 사람이 있다. 그때는 힘들었고, 상황을 원망했지만 이제 와서 생각해보면 그렇게 인연의 고리를 잘라준 모든 것에 감사하다.

그 사람이 곁에 있는 동안 나는 충분히 불행했으니.

보이는 만큼

가려져
있다

누군가를 완전히 다 안다고 생각하는 것만큼 큰 착각은 없다. 그렇게 방심하다가 언젠간 뒤통수를 맞았다. 아는 것과 믿음이 비례하다고 여겨서 일어난 완벽한 실수였다. 누군가가 나에게 너는 어떤 사람이냐고 물었을 때, 제대로 설명하지도 못하면서 남은 어떻게 그렇게나 잘 안다고 생각했을까.

세상에는 보이는 것만큼 가려져 있는 것이 많았다.

나,

안
괜찮아

괜찮지 않은 순간이 다가올 때, "나 지금 안 괜찮아."라고 말하는 것보다 "나 괜찮아."라고 말하는 게 더 쉬운 일이 되었다. 어떨 때는 습관처럼 괜찮다는 말이 튀어나오기도 한다. 실은 버거워도 꾸역꾸역 속으로 밀어 넣는다.

애써 괜찮다고 말하면 마음 한구석이 부서진다. 그리고 그 조각들이 몸 안을 떠돌며 쿡쿡 찌른다. 너 지금 괜찮지 않다고.

정신학에서는 내가 괜찮지 않음을 인정하는 것에서부터 시작한다고 한다. 말하지 않으면 사람들은, 물론 나조차도 모른다.

내뱉어야 할 말을
괜찮다는 말과 바꿔서 삼키지 말길.
혼자서 마음을 부서뜨리지 않길.

상처의 굴레

인간관계로 힘들었을 땐, 노력해도 안 되는 관계가 있다는 게 충격이었고 나 혼자 이해해야 하는 관계는 참 잔인했다. 아무리 말해도 말이 통하지 않는 사람도 있었다. 그때는 도무지 이해할 수 없었는데 지나고 나서 생각해보니 그건 그 사람의 잘못도 내 잘못도 아닌 그저 우리 두 사람의 사고에 공통분모가 없었을 뿐임을 느꼈다.

다가가면 멀어질까 봐 아무것도 하지 못했던 사람에게 조금 더 다가가도 좋을 뻔했다. 어차피 우리가 이렇게 멀어질 사이였다면. 오히려 그때의 용기가 그 사람과 나를 다른 곳으로 데려갈 수 있지 않았을까. 내게 남아있는 사람들만 챙기자 해도 내 사람이길 바랐던 사람이 떠나갈 땐 심장이 덜컥 내려앉았다. 그럴 땐 붙잡아서 곁에 두려고 했었지만 언제부턴가 관계를 위해 놓아주는 것도 하나의 방법이라는 걸 느꼈다.

여러 관계를 겪다 보니
내게 향하는 모든 사람의 마음을 이해하게 되었다.
누군가가 나를 미워하는 것도, 좋아하는 것도.
하지만 이렇게 다 알아도
또 상처받고 울 수밖에 없다는 게 슬프다.

사소하고 따뜻한 것들

04

아프지

말고

친구와 공원을 산책할 때였다. 들판 위에 그림처럼 고양이 한 마리가 앉아 있었다. 길고양이였다. 손을 뻗어 불렀다. 당연히 오지 않을 거라고 생각했다. 대개 길고양이는 근처를 지나가기만 해도 도망가기 바빴으니까. 그런데 이 아이는 달랐다. 살금살금 오더니 배를 보여주고 처음 본 우리의 손을 이리저리 핥았다. 처음이었다. 그날 이후로 밥을 꼬박꼬박 챙겨주었다. 가끔 간식도 주고, 건강하기만 바라며 영양제도 챙겼다. 똑같이 생긴 고양이가 세 마리 있었는데 그중 한 마리만이 나를 알아보았고 자리에 없어도 "냥아~" 하고 부르면 멀리서도 튀어나와 꼬리를 한껏 추어올리며 내게 달려왔다. 알고 보니 이전에도 사람 손을 탄 아이였고, 중성화도 되어 있었다.

○

당시의 나는 감정적으로 밑바닥에 있었다. 털어놓기도, 감당하기도 버거워서 심리 상담을 받기 위해 알아보던 차였다. 아무리 힘들어도 견뎌냈는데 이토록 신중히 상담을 생각해본 적은 처음이었다.
유독 바람이 시린 한겨울이었다. 고양이들이 지내는 공원은 꽤 멀어서 한번 나갈 때마다 바람이 옷 속으로 들어올 수 없게 무장해서 입었다. 두꺼운 스타킹을 신고 위에 바지를 껴입고, 윗옷은 최대한 두툼히 걸치고, 수면 양말을 신고, 핫 팩 두 개를 들고 집을 나섰다. 공원에 가서는 한 시간은 넘게 머물다가 왔다. 특별히 무엇을 한 건 아니었다. 그저 밥 주고, 물 갈아주고, 먹는 모습을 지켜보고, 무릎 위에 올라온 고양이를 쓰다듬고 핫 팩으로 함께 온기를 나누다 보면 시간이 훌쩍 지나가 있었다. 고양이를 만나면 마음속 온도가 몇 도씩 올라가는 듯 했다. 발이 얼고, 코를 훌쩍대고 있었단 것도 집으로 돌아가는 길에서 알아차렸다. 주변 사람들은 내가 왜 그렇게까지 하는지 이해하지 못했다.

그 일은 고양이를 위한 일이기도 했지만 동시에 감정적으로 지친 나를 위한 일이기도 했다. 고양이들과 함께했던 시간 덕분에 병원 상담을 받지 않고도 안정을 찾아 깊은 구렁텅이에서 탈출할 수 있었다.

남을 위한 일이, 나를 위할 때도 분명히 있다. 다들 이해하지 못한다 해도. 나에겐 나를 위로하는 방식이 있다.

고양이들 덕분에 소중한 경험을 할 수 있었다. 항상 그 자리에 있어 줘서 고맙다.

행복하자, 애들아.

건강하자, 우리.

시간

모든 것에는 저마다 걸맞은 시간이 있다.
그 시간을 모조리 다 알 수 있다면 좋을 텐데.
정해진 시간보다 빠르게 가면 데였고,
느리게 가면 아무것도 남아 있지 않았다.

나의 바람과는 전혀 다르게 흘러갔던,
나와 맞지 않았던 시간들.

익숙한

외로움

쓸쓸함을 넘어서서

날 가라앉게 하는 모든 것들이

아무렇지 않아졌을 때.

또 익숙해졌구나.

슬픈 일이다.

어느 날의 기록

세상이 내동댕이친 것 같은 날. 신이 자기가 돌보는 사람들의 굴레 속에서 무심코 나를 쳐서 내보낸 것 같은 기분. 그런 게 아니고서야 순식간에 나를 덮친 모든 불행을 설명할 길이 없다. 순조롭게 진행되던 일들은 다 맞게 가는 줄 알았는데, 단지 불행의 전초전이었다. 어차피 버려진 것, 마지막으로 남은 긍정을 쥐어짜 내볼까. 차라리 잘 된 걸 수도 있다고, 주문이라도 외워볼까.

아무리 되뇌어도 지금 내게 잘된 건 하나도 없다.

바람에도

스쳐가는 바람에도 하염없이 울었다.
스쳐가는 바람조차 내 마음을 어지럽혔다.
내 자리에서 중심 잡고 꿋꿋이 서 있고 싶었는데,
이리저리 흔들리는 것이 더 힘들었다.

작은 바람에도 감정이 쏟아졌다.

반복

잘 지내고 있는 게 아니라 그저 버티고 있다. 생각이 잠을 다 가져가고, 새벽 내내 잠시도 잠들지 못한다. 휴대폰을 덮어놓고 이불 속에 고개를 파묻은 채 자려고 노력해도, 5분도 안 돼서 다시 휴대폰을 들여다본다. 나가지 못한 누군가의 대화방에 머무르며 한마디 쳐봤다가 이내 지운다. SNS에는 이미 다 본 것뿐이다. 생각이 마인드맵처럼 뻗어 나가고 한참 헤매다 겨우 잠이 든다.

아침이 오면 지난 밤 동안 채워두었던 것을 비워낸다.

어젯밤의 마음들이 나를 찾지 못하도록 더 떠들고, 더 웃는다.

어김없이 새벽 언저리에 다시 만났다.
누구에게도 말하지 못한 밤이 지나간다.

마음이

가는 길

이쯤 되면 부족할 땐 더하고,

넘친다 싶으면 덜고

스스로 감정을 조절할 수 있을 거라 생각했다.

그런데 아직도 내 마음을

마음이 가는 대로 하지 못하는 날이 더 많다.

다시

한 번

영화 〈라라랜드〉를 좋아한다. 엠마 스톤, 라이언 고슬링의 연기력과 둘의 호흡, 수채화 물감으로 그린 것 같은 LA 배경, 적절히 섞인 배경음악, 현실적인 내용, 결말까지 하나도 빠짐없이 모두 좋다. 영화관에서만 네 번 보았고, 처음으로 혼자 본 영화였다. 영화를 본 후 생긴 나의 로망마저 혼자만의 공간이 생기면 빔 프로젝트를 두고 생각날 때마다 라라랜드를 보는 것이다.

첫 번째로 봤을 때는 전체적인 내용에 집중했다. 다시

볼 땐 남자 주인공이 안타까웠다. 세 번째로 볼 땐 여자 주인공의 마음도 이해되면서 오히려 남자 주인공이 잘못했다고 생각했다. 네 번째에는 다 각자의 사정이 있고, 그 누구도 잘못한 것이 아니라는 생각이 들었다. 그 이후에도 볼 때마다 감상이 달라졌다. 영화의 내용은 달라지지 않았고, 본 사람도 같은데도.

살다 보면 이런 경험이 많았다. 그때는 확실했던 것도, 시간이 지나서 다시 들춰보면 불명확한 것들의 집합체였다거나 나의 방향과는 전혀 달랐단 것을 깨닫게 되었다. 가까이에 있어서 생각해보지 못한 것들이 생겨났다.

어떤 일을 결정할 때, 그 순간의 감정으로 단정 짓지 않으려 노력하고 있다. 100퍼센트 확신이 들 때조차도 경계하며 한 발짝 뒤에서 보는 습관을 더 기르려 한다. 아무리 변하지 않는다 확신해도 언제나 나는 달라질 수 있기에.

선물

선물을 받았을 때, 기분이 좋아지는 건 준비한 사람의 마음이 깃들어 있단 것을 알고 있어서였다. 이를테면 선물을 사기 위해 인터넷에 검색해 알아보는 것, 나의 한 마디를 오래 기억하고 있던 것, 몇 시간 동안 거리를 돌아다닌 그런 것들. 날 생각하며 고민한 흔적들이 묻어나오면 얼마나 사랑스러운지. 선물을 받는 건 마음을 받는 일이다. 행복한 일이다.

당신은

당신으로
남아야 한다

사람은 다 다르다. 잘 지내다가도 예상치 못한 충돌이 일어날 수 있다. 좋은 관계를 유지하기 위해서는 그럴 때마다 서로 이해하고, 양보하는 것이 필요했다. 그런데도 자신의 의견만 내비치는, 무조건 자기에게 맞춰주기를 바라는 제멋대로인 사람이 더러 있다. 혹시 그런 사람이 옆에 있다면 자신을 희생하면서까지 만나지 않았으면. 당신은 언제나 존중받아야 한다.

가린

글

잠이 오지 않는 밤에는 한 번씩 '가린 글', '가린 글귀'를 검색해볼 때가 있다. 나의 글들이 누군가에게 어떻게 닿고 있는지, 수많은 글 중에 어떤 글들이 유독 사랑받고 있는지 조심스럽게 살펴봤다. 그러다 한 리뷰를 보았다.

'가린 님의 글을 보고 있으면 친한 친구와 삼겹살에 소주를 먹으면서 이런저런 이야기 나누는 것처럼 기분이 좋아진다.'

일면식도 없는 사람의 글인데 함께 술을 마시는 것 같은 친밀감을 느꼈다니. 이보다 더 행복해지는 칭찬이 있을까. '나는 정말 글쓰기를 잘했구나.'라고 생각했다. 나의 글이 누군가에게 위로가 되고, 또 그 사람의 글이 내게도 위로가 되었다. 가끔은 울컥할 정도의 이 순환을 사랑한다.

당신의 친한 친구가 되어
이야기를 나누어 영광이다.
기회가 된다면 정말이지 그러고 싶다.

삶의

축소판

막 서울에 상경했을 때, 주마다 바꿔가며 단기 알바를 했다. 가산디지털단지에 있는 회사의 전자기기 테스트, 액세서리 포장, 명동 지하철역의 화장품 가게, 백화점 신발 행사, 창덕궁 행사 안내원, 회사 인턴의 빈자리까지.

장기 알바만 해봤던 내게 단기 알바는 여러모로 장점이 많았다. 일하고 싶은 날짜를 선택할 수 있고, 색다른 경험이 되었고, 노동 시간에 비해 돈을 많이 받았으며, 입금도 빨랐다. 무엇보다도 담당자들이 늘 친절했다. 생각해보면 어차피 짧은 만남, 서로 괜히 껄끄러울 만한 부스러기를 만들 필요는 없었다.
짧게는 하루, 길어봤자 5일이라는 시간 동안 사람들은 모두 선한 사람이 될 수 있었다. 그때 만난 사람들 중에서 나와 얼굴 붉힌 사람도, 마음속에 조그마한 생채기를 남긴 사람도 없다. 장기 알바를 하면서 인간관계로 힘들었던 적이 몇 번 있었던 나로서는 이러한 관계가 굉장히 편하고 좋았다. 점심 식사를 같이 하며 이야기를 나누고 적당히 웃었다.

하지만 함께하는 시간이 늘어날수록 점점 고립되는 느낌이 들었다. 꽤 사적인 이야기들을 나누지만 헤어질 때는 번호도 물어보지 않는다. 다들 암묵적으로 알고 있다. 번호를 주고받거나 SNS계정을 안다고 해도 두 번, 세 번 연락하지 않을 거라는 걸. 인연은 여기서 끝날 거라는 것을. 수많은 사람들이 들어왔다가 오래 있지 않고 나가버리는 것을 보니 마음속이 폐허가 되어가고 있었다.

○

삶의 축소판이었다. 삶은 깊은 우정보다 거리를 유지하며 좋은 모습만 보여주는 얕은 만남을 더 흔히 볼 수 있다. 물론 만나는 모든 사람과 오래 연락하며 잘 지낼 수는 없는 거겠지만, 이런 관계가 반복되는 것도 사람을 피폐하게 만든다.

심리학 용어 중에는 '퍼스널 스페이스'라는 말이 있다. 타인에게 침범 받고 싶지 않은 일정한 물리적 공간을 뜻한다. 가족, 친구와 같은 친밀한 사이는 12~46센티미터인 반면 사무적인 관계에 있는 사람과는 120~360센티미터 거리를 유지하려 한다고 한다. 무려 친밀한 사람의 10배가 넘는 거리다. 그 긴 거리 속에 들어올 수 있는 감정의 허무가 너무 많았다.

단기 알바를 그만 두고 집 근처 카페에서 알바를 시작했다. 그때 함께 일했던 사람들은 나의 첫 타지 친구들이다. 그만둔 후에도 혼자 있는 나를 늘 꺼내주고, 여기저기 데려가주었다. 참 감사하고, 힘이 된 사람들이다.

지금도 우리는 서로의 생일을 챙겨주고,

종종 만나고, 연락하며 지낸다.

나는 이런 관계가 훨씬 좋다.

곁을 지키다

친구가 힘든 일을 겪던 시기가 있었다. 마음이 아팠다. 큰 힘이 되고 싶었고, 위로를 해주고 싶었는데 무슨 말을 어떻게 해야 할지 도무지 감이 안 잡혔다. 어떤 말을 해도 엇나가는 느낌이었다.
나의 인생 선배인 아버지께 조언을 구했다. 아버지는 말보다 그저 묵묵히 옆에 있어 주는 것만으로도 힘이 될 거라 하셨다. 그것만이라도 고마울 때가 있다고. 그 말을 듣자, 친구의 불안정한 상황 속에서 내가 줄 수 있는 안정은 어떤 말보다 곁을 지키는 것이 아닐까, 생각했다.

그날, 친구에게 위로의 말은 건네지 못했지만 내내 함께했다. 친구는 내 곁에서 울기도 했고, 허심탄회하게 자신의 이야기를 늘어놓기도 했다. 후에 친구는 그때 아무 말도 하지 않고 묵묵히 옆에 있어줘서 고마웠다고, 덕분에 힘든 일을 털어놓을 수 있었다고 내게 이야기해주었다.

주저앉아 있을 때, "다 잘 될 거야" 같은 위로의 말이나 "일어날 수 있어" 같은 응원, "네가 지금 일어나려면…." 하며 조언을 덧붙이는 것보다 옆자리를 그대로 지켜주는 것만으로 힘이 된다.

언제나 소중한 사람들의 곁을
지키는 사람이 되고 싶다.

사소하면 할수록

크고 화려한 것들이 비일비재한 시대에 살고 있지만, 나는 작고 사소한 것들을 더 좋아한다.

언니가 기분이 좋지 않은 내게 와서 "바람 쐬러 나갈래?"라는 말이나 어머니가 아직 버리지 않고 보관해둔 4살 때 신은 나의 신발이나 "과자 먹고 싶다."라는 혼잣말에 아버지가 사온 봉투 속 한가득 담긴 과자나 꽃을 좋아한다는 말에 다음 날 연인의 손에 있는 장미꽃 한 송이, 카페에서 원고 작업 중이라고 할 때 친구가 힘내라고 보내주는 기프티콘 같은 것. 나의 작은 것들을 스쳐 보내지 않고, 신경 써주는 게 그 어떤 커다란 것보다 소중하다.
사소할수록 큰 사랑을 느낀다. 특히 나조차도 놓치고 있던 것들을 챙겨줄 때는 가슴이 시큰해졌다. 크고 거창한 것들에 내가 사랑하는 사소함이 묻히지 않기를 바란다.

둘러보면 사소하고 따뜻한 것들로
나의 주위를 채우고 있는 사람들이 꽤 많다.
혹시 잊고 지내며 살고 있지는 않을까,
몇 번이나 생각해본다.

적절한 무관심

과도한 관심은 불편하기 마련이다. 호기심을 애정으로 포장해 상대를 푹 찌르는 무례한 질문들이 너무나 많다. 대학은 어디 갈 거니, 앞으로 뭐 하며 살 거니, 결혼은 언제 할 거니…. 뒤에 따라오는 충고는 덤이다. 툭 던지는 질문이 누군가에겐 화살이 될 수도 있는데.

때로는 적절한 무관심이 더 고맙다.
무엇보다 '애는 알아서 잘 할 거야.' 라는 무관심 속 사랑 가득한 믿음이 고맙다.

성장통

불규칙한 생활로, 몸이 망가져서 병원까지 다니며 고생했었다. 운동과 담을 쌓았던 탓에 체력이 매우 부족하기도 했다. 몸이 괜찮아지자마자 집 앞에 있는 필라테스에 다니기 시작했다. 유연한 편이고, 어릴 적에 요가를 배웠던 경험이 있어서 자만하며 갔다. 그런데 필라테스는 요가와는 또 다른 개념이었다. 요가는 정신수양을 기본으로 하고, 유연성이 필요한 운동이라면 필라테스는 자세 교정, 근력 등에 중점을 둔 운동이었다. 밴드를 위로 들어 올리지 못하거나, 중심을 잡지 못해 휘청거리거나,

나의 다리가 아닌 것처럼 심하게 다리를 떨고, 구호에 맞춰서 동작하지 못했다. 첫 수업이 끝난 후, 강사 선생님은 내일 일어났을 때 쓰지 않았던 근육을 써서 근육통이 생길 것이라 말했다. 이제부터 열심히 하면 점점 괜찮아질 거라고 말씀해주셨다. 내일까지 갈 필요도 없었다. 집으로 돌아가는 길에 계단을 잘 내려가지 못할 정도로 다리가 후들거렸고 팔이 미세하게 떨렸다. 다음 날에는 겨드랑이와 쇄골 사이, 허벅지 뒤 근육, 어디라고 콕 집어 말할 수 없는 여러 곳이 쿡쿡 쑤셨다. 이거 진짜 괜찮은 걸까. 싶었지만, 괜찮아질 거라는 선생님의 말씀을 믿기로 했다.
몇 개월 지난 지금은 동작 대부분을 따라 할 수 있고, 버틸 수 있는 시간도 늘었다. 견뎌낸 만큼 근육이 생겨 단단해진 것이다.

이 근육통이 어쩌면 우리의 성장통과 비슷하지 않을까. 살아가다 보면 한번씩 꼭, 휘청거리게 하거나 버텨낼 수 없어서 절망으로 빠지게 하는 일들을 만난다. 처음으로 겪는 것들이기에, 아플 수밖에 없다. 일상 속에서도 쿡쿡 쑤실 수밖에 없다. 그래도 할 수 있다고 생각하며 계속한다면, 그만큼의 근육에 생겨 전보다 단단해진다.

그렇게 우리는 성장통을 이겨내고

한 발짝 나아가고 있다.

당신의 시선

사진에는 찍는 사람의 시선이 담긴다. 특히 애정하는 것을 찍을 때, 그 시선은 고스란히 담긴다. 연인이 찍은 사진이나 부모님이 아이를 찍은 사진 속에는 그 어떤 사진사도 담을 수 없는 사랑스러움이 묻어 있다. 누가 찍느냐에 따라 분위기부터 달라진다는 건 신기하다.

나는 수많은 사람 중 한 사람일 뿐이다. 하지만 누군가의 초점에는 하염없이 사랑스러운 사람으로 맞춰져 있을 수 있다. 그 시선이 나의 원동력이 된다.

혼자인 것 같다가도, 절대 혼자가 아닌 듯한 느낌.

당신이 홀대받고 무시당해도, 다른 곳에서는 매순간
당신을 사랑스럽게 바라보는 사람도 있다는 것을
잊지 않고 살아가기를.

잘하고 있어

때때로 우리는 자신을 너무 믿지 않는 거 아닐까. 지금 가는 길이 위태롭게 느껴져서 자꾸만 휘청거리고, 할 수 있는 일을 할 수 없다고 단정 짓고. 그 생각들이 쌓여서 스스로를 억누르고 있는 건 아닐까.

나를 믿자. 충분히 잘하고 있으니.

네가 한 선택이 맞고,

네가 가는 길은 꽃길이 맞다.

그러니 두려워하지 말고,

자신감을 가지며 걸어 나가기를.

언젠가는 네가 원하는 곳에

원하는 만큼 서 있을 수 있을 테니.

우리의 주된 임무

미래에 대한 불안감으로 현재의 나에게 소홀해질 때가 있다. 걱정이 깊어지면서 현재에 금을 내는 것이다. 두려움이 생길수록 생각은 제각각으로 뻗어 나가서 의견들을 한 곳으로 모을 수 없다. 작았던 일들마저 점점 과장되며 결국 불행한 결말을 맞이한다.

걱정하고 있는 것의 대부분은 아직 일어나지 않은, 일어날 거라는 보장도 없는 그런 일이다. 겪어보지 않는 이상 아무것도 알 수 없다. 설사 우려했던 일이 일어난다고 해도, 의외로 잘 헤쳐 나갈 수 있다. 그런 일들로 현재가 조금씩 부서지고 있는 건 안타까운 일이다.

가장 관심을 많이 가져야 할 건,
무엇보다 지금 이 순간이다.
이제는 일어나지 않은 일에 대한 걱정을 떨쳐내고,
지금 발 딛고 있는 곳에 집중하자.

기록하기

붙잡아두기

초등학교 저학년 시절, 방학이 끝나기 며칠 전에 일기를 몰아서 썼었다. 5학년 때쯤, 언니에게 손바닥만 한 공책 하나를 받기 전까지. 언니는 필요 없어서 준 것이었는데 여섯 살이나 어린 내 눈에는 한없이 반짝거렸다. 연분홍색 바탕에 빨간 구두와 핸드백, 원피스가 질서 없이 그려져 있었는데 내가 가지고 있던 공책들과는 차원이 달랐다. 나의 글씨로 다 채우고 싶다는 생각이 들었다. 그 공책을 계기로 지금까지 일기를 쓴다. 요새는 무의식에 있는 문장들을 더 꺼낼 수 있다는 이유로 노트북에 쓰지만, 예전에는 손바닥보다 조금 큰 공책의 표지와 내지를 일일이 비교해가며 고르고 부지런히 채워나가는 게 나의 또 다른 즐거움이었다. 시간이 지나면 흩어질 감정들이 아쉬워서 기록하며 붙잡아 두곤 했었다. 지금도 어느 페이지를 열어보아도 생생하게 떠오른다.

○

여행을 갔을 때도 예외는 없다. 자기 전에 그날 일기는 꼭 쓰고 잔다. 종이를 넉넉히 챙겨 가지만, 숙소에 비치된 메모지에 쓰는 것을 더 좋아한다. 아래쪽에 숙소의 로고가 딱 박혀 있는. 쓰다 보면 활기가 솟아서 더 많은 기억을 기록하고 싶어진다. 언제는 가족들과 호이안에 다녀온 적이 있다. 유네스코가 지정한 세계문화유산 호이안은 야경이 정말 아름답다. 후에 한국으로 돌아와서도 사진을 보며 되새기곤 했다. 그러다 그날 적었던 일기를 발견했다.

호이안의 야경은 정말 잊지 못할 것이다. 꿈속에 들어와 있는 것 같았다. 그 순간이 마치 환상 속을 걷고 있는 것처럼 느껴졌다. 내일도 볼 수 있다는 생각에 설레고 벌써 서운해진다.

이 글을 읽으니 희미한 색 위에 다시 빨간색 페인트칠을 한 것처럼 잊혀지던 그 시간이 기억 속에서 선명하게 떠올랐다. 어딜 가든 등불이 주렁주렁 매달려 있어 거리에 빛이 가득하고, 빛이 강가의 물결 위에서 찰랑거리던 호이안의 밤. 들떠있던 감정, 함께 간 가족들의 웃음, 솟아오르는 마음을 글로 꾹꾹 눌러 쓰던 침대 위…. 그 모든 것들이.

습관이 들지 않은 사람에게는 힘든 일이라는 것을 알지만, 여행지에서 기록하는 일은 모든 사람에게 추천하고 싶다. 누구에게나 여행은 두고두고 마음속에 새기고, 꺼내보고 싶은 것이니까. 그저 있었던 일, 기분, 날씨 등 아무거나, 마음이 가는대로. 기록은 잊고 싶지 않은 순간들을 붙잡아둘 수 있는 좋은 방법이니까.

당신이 남긴 어떤 것보다도 더 소중할 것이다.

아빠의 도전

아버지가 전기기사 자격증 시험 준비를 시작하셨다. 시험은 100명 중 다섯 명만 최종 합격할 정도로 난이도가 높다. 걱정스러운 마음에 아버지를 말리려고도 했다. 회사에 다니시면서 공부하는 것이 쉬운 일이 아니니까. 아버지는 강한 열정을 보이며 공부를 시작하셨고, 우리는 묵묵히 뒤에서 응원하는 쪽을 선택했다. 어머니는 언니와 나의 수험생 시절 때처럼 신경 쓰셨고, 언니와 나는 필통과 필기구를 선물했다. 한 번씩 응원의 쪽지를 남기기도 하면서.

아버지는 출근 전에 일찍 일어나서 강의 영상을 보며 공부하셨고, 퇴근 후에는 집에서 저녁 식사를 마치고 곧장 독서실로 향했다. 자정이 다 되어야 집에 돌아오셔서는 자기 전에도 꼭 복습까지 하고 주무셨다. 아버지는 이해가 되지 않는 부분은 꼭 열 번 반복하고 출근길, 퇴근길, 심지어 독서실에 가는 길에도 늘 강의를 들으며 가셨다. 골프, 등산 등 취미 생활을 즐기며 쉬시던 주말에도 독서실로 향하셨다. 도중에 코피를 쏟기도 했고 시험이 부쩍 다가왔을 땐, 스트레스로 병원을 찾는 날도 있었다. 병원에서는 아무런 문제가 없다고 했지만, 스트레스의 크기를 잴 수 있는 기계가 있었더라면, 아버지는 당장 입원해야 했을지도 모른다.

아버지는 1차 시험에 합격하셨다. 그것도 합격 커트라인 점수보다 15점 높게. 언젠가는 될 거라 생각했지만, 당장일 줄은 아무도 몰랐다. 아버지의 성취감이 얼굴 가득 드러났다. 나에게까지 전달되어 온몸에 전율이 일었다. 가족 모두 축하해주었고, 그날 내내 행복을 나누었다.

여전히 나의 아버지는 공부를 하고 계신다. 곧 있을 2차 시험을 위해서. 독서실을 향하는 아버지의 뒷모습을 바라보며 나는 아버지가 꼭 합격할 거라는 강한 확신이 들었다.

노력은 배신하지 않을 테니까.

퍼즐

부정적인 마음이 겹겹이 쌓여 내 마음속에서 거대한 산이 되어 있을 때 흩뜨려놓고 다시 하나씩 맞추는 거야. 퍼즐처럼 말이야. 그 자리가 아니었던 조각이나 보이지 않았던 조각의 제자리를 찾아주는 거야. 조금씩 틀리고, 엇갈려서 힘이 빠지면 잠시 멈춰도 돼. 그러고 나서 다시 차분히 맞추는 거지.

완성했을 땐, 네가 원하는 그림이 기다리고 있을 거야.

다운 타임

화수분처럼 글이 쏟아지는 날이 있다. 그럴 땐 얼른 휴대폰의 메모장을 켜서 생각나는 문장을 전부 기록해둔다. 그러고 나서 노트북 앞에 앉아 글을 옮기고, 다시 읽고 수정한 뒤 저장한다. 생각을 붙잡았다는 마음에 뿌듯함이 몰려와서 두고두고 읽어본다.

어떤 날은 아무 생각이 안 나 버려졌던 기억까지 끄집어내야 하는 날이 있다. 마음 깊숙한 곳 언저리에 있는 기억과 감정까지 가져와서 겨우 쓰는 날도 있었다.

단 한 자도 쓰지 못할 때도 있다. 괜히 초조하고 써야한다는 압박 혹은 강박관념이 나를 억누른다. 그럴 땐 아무 생각하지 않고 잠시 쉬어가기로 한다. 영화를 보고, 가만히 누워 있다가 그 순간에 하고 싶은 것을 한다. 신기하게도 통 생각나지 않던 글이 그렇게 쉬고 있을 때 문득 튀어나오기도 한다.

쉬는 것에 대해 불안함을 느끼는 사람들이 많다. 쉬는 순간 최악의 결과가 일어날 것만 같은 두려움. 혹시 지금 머릿속이 포화상태라면, 비워내는 것도 필요하다. 붙잡고 있는 것이 답이 아니다. 하물며 기계에도 '다운타임'이 있는 것처럼. 우리는 기계보다 훨씬 더 복잡한 존재인데, 쉬어가는 시간이 필요하지 않을까?

회복할 시간을 위해,

우리 '다운타임'을 갖자.

비 오는 날

비 오는 날이 싫다.

우산을 들고 다녀야 하고, 아무리 잘 써도 신발과 옷 위에는 빗자국이 생긴다. 꿉꿉하고 어두한 날씨에 기분마저 가라앉는다. 특히 바람까지 거세게 불 때는, 바람을 막느라 팽팽해지는 우산까지도 꼴불견이다.

비 오는 날이 좋다.

온 세상이 차분해진다. 약간 내려간 기온이 나를 안정시켜준다. 모든 것이 씻겨 내려가고, 공기도 한층 깨끗해진 기분이 든다. 비를 바라보고 있으면 사색에 빠져 전에는 하지 못했던 생각들이 떠오른다.

같은 일이 일어나도 어떤 관점에서 바라보는지에 따라
그 사건의 가치가 바뀐다.
내가 비오는 날을 싫어하고,
때로는 좋아하는 것처럼.

나를 위한 삶

행복의 기준은 내게 맞춘다. 내가 행복해야 행복한 것이다. 나를 무시하거나 밑으로 생각하는 사람과의 만나지 않기로 했다. 서로 존중해주는 사람과 만난다.

남의 의견은 참고만 하고 선택은 늘 내가 한다.
물론 그에 따른 보상이나 책임도 내가.

가장 중요한 건, 내 인생의 주체는 나라는 걸 잊지 않고 살아가기.

주체적인 사람이 되자.

남한테 끌려가지 않고 내가 원하는 것을 하고

원하지 않는 건 '아니다' 말할 줄도 알고.

당신의
괜찮지 않았던 날들이
녹아내렸기를

눈을 감는 것만으로는
피할 수 없었던 순간들이 있었습니다.
쏟아져 내리는 시간에 알알이 박힌 감정들을 적어
내려갔습니다.
마음속 외진 곳 어딘가에 감춰두었던 감정을
하나씩 꺼내놓으면서 우는 날도 잦았습니다.

이 책을 펼쳐, 지금 이곳까지 온 당신에게도
저와 교집합을 이룬 순간이 꽤 많다는 것을 압니다.

지금쯤이면 당신과 나의 괜찮지 않았던 날들이 결합되어 다 녹아내리지 않았을까요.

진심으로 그렇게 되었기를 바랍니다.

제 기록들이
앞으로 괜찮지 않을 때마다
당신의 곁에서 읽힐 수 있는 책이 되기를 바랍니다.